I Martha Crug.
Boed i ti fod yn alluog, yn gryf
ac yn ddewr fel Asiant A.

ASIANT A
HER LL
Anni Llŷn

Diolch i Tudur am ei gefnogaeth; i Meinir yng
ngwasg y Lolfa am ei hamynedd a diolch i bob
plentyn rydw i wedi cael y pleser o weithio efo nhw
dros y blynyddoedd am fy ysbrydoli.

Argraffiad cyntaf: 2019

Dymuna'r cyhoeddwyr gydnabod cymorth ariannol Cyngor
Llyfrau Cymru.

Cynllun y clawr: Y Lolfa

Rhif Llyfr Rhyngwladol: 978 1 78461 707 3

Cyhoeddwyd, rhwymwyd ac argraffwyd yng Nghymru gan
Y Lolfa Cyf., Talybont, Ceredigion SY24 5HE
gwefan www.ylolfa.com
e-bost ylolfa@ylolfa.com
ffôn 01970 832 304
ffacs 832 782

1
TASG BINGO

Dwi ar drên. Dwi'n ffoi. Mae popeth wedi mynd o'i le. Tydw i ddim hyd yn oed yn siŵr ydw i'n dal yn Asiant Cudd, ac rydw i mewn perygl. Dyna pam dwi am ysgrifennu popeth i lawr, o'r dechrau un. O leiaf y byddi di'n gwybod y gwir ar ôl i ti ddarllen hwn.

★ ★ ★ ★ ★

Awn ni'n ôl i'r dechrau.

Ar ôl i ni lwyddo i achub plant Ysgol Pen y Rhych rhag cael eu gwenwyno gan Miss Glein, es i a Mam i fyw mewn tŷ diogel ar dir Mrs Pi. Roedd y ddwy ddynes cinio ddrwg, Meri Grefi a Blod Sglods, wedi llwyddo i ddianc. Roedd ein swyddogion ni a'r heddlu wedi bod yn chwilio amdanyn nhw ond roedd hi'n ymddangos fel petaen nhw wedi diflannu oddi ar wyneb y ddaear. Roedd yn rhaid i Mam a fi gadw'n dawel ac yn gudd am rai wythnosau. Roedd Lleucu a Twm wedi cael eu hanfon i rywle cudd er mwyn cael eu hyfforddiant cyntaf ar gyfer bod yn ysbïwyr. Ond ar ddiwedd yr haf, daeth newyddion fod dwy ddynes oedd yn debyg i Meri Grefi a Blod

Sglods wedi ymddangos eto ar y system. Ges i a Lleucu ein partneru gan Mrs Pi i fynd i ddarganfod mwy. Roedd y ddwy wedi cael swydd mewn ysgol arall ac yn dechrau ar eu gwaith ym mis Medi.

Ein Tasg Gudd oedd 'Bingo', sef darganfod mwy o wybodaeth am Rif 88, y ddwy ddynes dew. Y cynllun oedd trio gwneud ffrindiau gyda rhai o blant yr ysgol, er mwyn iddynt fwydo gwybodaeth i ni am symudiadau Rhif 88. Roedd hi'n hanfodol nad oedd y ddwy yn ein gweld rhag ofn mai nhw oedd Meri Grefi a Blod Sglods go iawn. Yn anffodus, roedden nhw'n adnabod Lleucu a finnau, ac yn gwybod ein bod ni'n ysbïwyr. Ond roedd Mrs Pi yn meddwl mai ni'n dwy oedd y mwyaf addas i wneud y gwaith.

Cafodd Lleucu a fi ein rhybuddio gan Mrs Pi mai ysbïwyr oedden ni, nid arwyr.

"Peidiwch â gwneud dim byd gwirion, ferched."

Casglu gwybodaeth er mwyn i eraill eu dal oedd ein tasg ni ac nid "achub y byd".

Ond aeth pethau o le o'r eiliad cyntaf. Roedd Mrs Pi wedi trefnu ein bod ni'n cyfarfod â rhai o ddisgyblion yr ysgol yn yr hen gampfa. Ond yn anffodus, roedd yr hen gampfa yn lle delfrydol i bobol ddrwg ymgasglu er mwyn cynllwynio. A pha ddwy ddrwg oedd o gwmpas yn barod i wneud drygioni? Wel, Meri Grefi a Blod Sglods, siŵr iawn.

Roedd Lleucu a fi'n sefyll yng nghanol y neuadd fawr yn aros am y disgyblion i'n helpu ni. Storfa offer ymarfer corff oedd yr hen gampfa erbyn hyn gan fod campfa newydd sbon wedi'i hadeiladu. Roedd 'na bob math o drugareddau chwaraeon o gwmpas – rhaffau, matiau, bocsys, peli, pob dim ym mhob man. Ro'n i ar dân eisiau iddyn nhw gyrraedd er mwyn i ni fynd o 'no. Roedd gen i deimlad ym mêr fy esgyrn nad fan hyn oedd y lle gorau i gyfarfod, mor agos i'r ysgol. Ro'n i'n iawn i bryderu. Pwy gerddodd i mewn i'r hen gampfa? Meri a Blod.

"W! Helô, beth y'ch chi'n neud fan 'yn?" meddai Meri cyn i'w hwyneb newid yn ara deg. Roedd hi wedi ein hadnabod yn syth.

Yn sydyn, neidiodd y ddwy ochr yn ochr i'n wynebu ni, wedi'u rhewi fel delwau ninja. Ydi'r ddwy 'ma isio ymladd? meddyliais. Gwaeddais ar Lleucu,

"Lleucu! Dal hwn."

Taflais un pen y rhaff iddi. Roedd hi'n gwybod beth i'w wneud.

"Aaaaaa!" gwaeddodd Meri a Blod efo'i gilydd, gan redeg yn fygythiol tuag aton ni.

Rhedodd Lleucu a fi o'u hamgylch ddwy waith gan dynhau'r rhaff amdanynt. Gwaeddais eto,

"Y ffrâm ddringo!!"

Gyda phen y rhaff yr un dringodd y ddwy ohonon

ni i fyny'r ffrâm a neidio i lawr yr ochr arall. Roedd Meri Grefi a Blod Sglods yn sgrechian fel pethau gwyllt.

"Tynnu!" bloeddiodd Lleucu cyn i ni ddefnyddio ein holl nerth i dynnu'r rhaff.

Roedden ni'n llusgo'r ddwy ddrwg ar hyd y llawr ac i fyny'r ffrâm ddringo. Roedd Lleucu a fi erbyn hyn yn gwthio yn erbyn mainc i ddal eu pwysau.

"Be 'dan ni am neud rŵan?" gofynnodd Lleucu gyda'r chwys yn llifo oddi ar ei thalcen.

"Mi fydd raid i mi anfon neges frys at Mam," atebais.

"Be bynnag ti'n neud, paid â gollwng y rhaff, Alys! Fedra i byth eu dal nhw fy hun."

Roedd Meri a Blod yn sgrechian ac yn strancio fel plant bach. Ar hyn daeth tri disgybl i mewn, gan edrych yn syn arnon ni.

"Chi!" gwaeddais. "Dowch yma i ddal y rhaff 'ma."

Roedd y tri'n sefyll yno'n syllu ar y ddwy ddynas cinio newydd yn hongian gerfydd y ffrâm ddringo a dwy ferch yn eu dal nhw yno.

"RŴAN!!" gwaeddodd Lleucu, a'i chyhyrau'n gwegian.

Rhedodd y tri i'n helpu. Gollyngais innau'r rhaff er mwyn cysylltu efo Mam.

Ro'n i wedi cael Oriawr Tuhwntoglyfar oedd yn fy ngalluogi i gysylltu'n uniongyrchol ag oriawr Mam a Mrs Pi.

"Mam, Bingo. Rhif 88 wedi'u dal."

"Neges wedi'i derbyn. Ar ein ffordd." Llais Mam. Ro'n i wastad yn cael cysur o glywed llais Mam.

O fewn dim, roedd Mam a'r Sgwod wedi cyrraedd ac roedd Rhif 88, sef Meri Grefi a Blod Sglods, yn y ddalfa. Tasg Gudd Bingo wedi'i datrys.

Ond yn anffodus i Lleucu a fi, doedd Mrs Pi ddim yn hapus o gwbwl.

"Be ddudish i wrthach chi'ch dwy cyn i chi fynd? Peidiwch â gwneud dim byd gwirion, dwi'n meddwl oedd fy union eiriau. A be dach chi'n neud?"

"Rwbath gwirion?" gofynnodd Lleucu yn nerfus, cyn i mi roi pwniad iddi i gau ei cheg.

Ro'n i'n gwybod bod Mrs Pi yn flin achos roedd hi'n siarad yn araf, yn glir, ac yn dawel. Doedd ei gwefusau main prin ddim yn symud.

"Mrs Pi," mentrais, "mae'r dasg wedi'i chwblhau. Dwi ddim yn dallt be 'dan ni 'di neud sy'n gymaint o lanast."

"Asiant A, ddylat ti wybod yn well. Dwi wedi fy siomi'n fawr." Roedd llygaid Mrs Pi yn fy llosgi. "Swydd ysbïwr ydi casglu data a gwybodaeth, ac astudio'r amheus. Nid ymladd a chlymu pobol i ffrâm ddringo! Mae asiant da yn anweledig!"

Roedd hi wedi codi ei llais erbyn y pwynt yma. Do'n i erioed wedi ei chlywed hi'n codi ei llais o'r blaen. Roedd hi'n flin go iawn.

"Ond doedd ganddon ni ddim dewis. Roeddan nhw wedi'n gweld ni…" Ceisiais egluro ond doedd gan Mrs Pi ddim diddordeb.

"Na. Nid wedi cwblhau Tasg Bingo ydach chi ond wedi ei dileu. Y dasg oedd astudio, dilyn, a chasglu cymaint o wybodaeth ag sy'n bosib ar y ddwy yma, yn y gobaith y byddan nhw'n ein harwain ni at rwydwaith o bobol ddrwg sydd wedi bod yn eu helpu dros y misoedd dwytha i guddio. Ond faint o wybodaeth ydan ni wedi'i dderbyn gynnoch chi? Ydyn nhw wedi'n harwain ni at unrhyw gliwiau? Naddo. Rydych chi'ch dwy wedi gwneud llanast o betha. Tydw i ddim isio'ch gweld chi am rai wythnosa. Rydach chi'n cael Amser i Feddwl. Ewch."

Roedd Lleucu a fi'n syllu'n syn arni, yn methu credu ein bod ni wedi gwneud cymaint o gamgymeriad, yn methu credu ein bod ni'n gorfod cael Amser i Feddwl, oedd yn golygu dim ysbïo, dim Tasgau Cudd, dim byd ond aros adra. Roedden ni'n dwy'n hollol flin.

Gadawodd y ddwy ohonon ni'r ystafell heb ddweud dim. Wnaeth Lleucu ddim hyd yn oed edrych arna i, dim ond cerdded i ffwrdd. Es i'n syth at Mam pan gyrhaeddon ni adra. Ro'n i mor flin efo Mrs Pi am ein trin ni fel plant bach. Ond doedd gan Mam ddim llawer o gydymdeimlad chwaith.

"Wel, Alys, be fedra i ddeud? Mrs Pi sy'n iawn, fel arfer. Ac i fod yn onast, dach chi wedi gwneud llansat o betha, achos tydi Meri Grefi a Blod Sglods ddim yn deud dim. 'Dan ni ddim yn mynd i gael unrhyw wybodaeth allan ohonyn nhw ac mae'n rhaid i ni eu rhoi nhw i'r heddlu er mwyn iddyn nhw gael eu cyhuddo'n swyddogol a'u rhoi yn y carchar."

Roedd fel petai rhywun wedi rhoi dwrn yn fy stumog. Roedd y teimlad 'mod i wedi siomi Mam yn waeth na dim.

Roedd Lleucu'n gorfod aros yn tŷ ni gan ei fod yn gartref mwy diogel. Roedd hi'n aros yno'n aml beth bynnag. Roedd yr ystafell sbâr yn cael ei hadnabod fel Stafell Lleucu erbyn hyn. Roedd yn dŷ bendigedig a digon o le. Doedd Mam ddim o gwmpas rhyw lawer gan ei bod hi'n cael ei hanfon ar Dasgau Cudd. Felly dim ond Lleucu a fi oedd yno, a Wil ein gyrrwr-ofalwr. Roedd o ar gael i ateb pob swnian!

Doedd Lleucu a fi ddim yn ffrindiau mawr iawn ar y dechrau. Roedd Lleucu wedi pwdu – fy mai i oedd popeth yn ei barn hi. Roedd Twm, ei brawd, yn dod i'n gweld ni bob hyn a hyn ond roedd yntau, fel Mam, yn cael ei alw i ffwrdd. Ond diolch byth, tydi Lleucu ddim yn gallu dal dig am yn hir iawn. Felly roedd hithau, fel fi, wedi diflasu ar beidio siarad. Wedi'r cyfan, roedden ni'n ffrindiau gorau.

Un bore, ro'n i wedi bod allan yn rhedeg a newydd gyrraedd yn ôl i'r tŷ. Roedd Lleucu wrth y bwrdd brecwast yn darllen cylchgrawn. Roedd ganddi bapur a phensel ac roedd yn amlwg ei bod wedi bod yn ceisio datrys rhywbeth.

"Be ti'n neud?" gofynnais wrth dywallt diod oren i mi fy hun.

"Gwneud y posau sy'n y cylchgrawn 'ma."

"Do'n i ddim yn gwybod fod pobol yn dal i ddarllen cylchgronau!"

Doedd Lleucu ddim yn cymryd llawer o sylw ohona i. Roedd yn amlwg ei bod wedi dod ar draws pos oedd wedi ei baglu. Roedd hynny'n anodd iawn i'w gredu gan fod datrys posau yn un o'r cryfderau roedd yn rhaid ei gael i fod yn Asiant Cudd.

"Ti wedi llwyddo i'w gwneud nhw i gyd erbyn hyn, siawns?"

"Hmmm," atebodd Lleucu yn bwdlyd.

Ro'n i'n hofran uwch ei phen hi. Roedd yn amlwg ei bod yn cael trafferth gyda rhywbeth... ac ro'n i ar dân eisiau cael gweld a'i ddatrys, cyn iddi hi wneud hynny.

"Ti'n methu datrys un, nag wyt?!" heriais.

"Mae o bron yn amhosib," atebodd hithau heb godi ei phen. "Ond dwi bron iawn yna, dwi'n siŵr."

"Ga i weld?" holais yn ddigon diniwed.

"Na!" cipiodd Lleucu'r cylchgrawn oddi ar y bwrdd a martsio i'w hystafell.

Roedd y diwrnod hwnnw, digwydd bod, yn ddiwrnod go ddiog. Daeth Lleucu o'i hystafell wely ymhen hir a hwyr.

"'Nest ti lwyddo?" holais.

"Dwi'n meddwl," atebodd hithau'n swta heb ddweud dim arall amdano wedyn.

Gorweddodd y ddwy ohonon ni ar y soffa'n gwylio'r teledu. Roedd dwy sgrin deledu – un gyda newyddion 24 awr arni a'r llall yn dangos ffilmiau rownd y ril. Roedden ni'n cadw llygad ar y newyddion, rhag ofn y byddai 'na unrhyw fath o ddigwyddiad y byddai'n golygu ein bod ni'n cael ein galw i ysbïo. Unrhyw ddigwyddiad amheus neu rywbeth a olygai fod yr heddlu angen cymorth i gael gwybodaeth.

"Sbia 'ta," meddai Lleucu wrth gyfeirio at y newyddion. "Mae'r teulu 'na wedi ennill £600,000,000 ar y loteri! Wooooow!"

Roedd 'na fam a thad a mab tua deg oed yn edrych yn eithriadol o hapus, yn dawnsio ar y sgrin.

"Och, ac mae'r boi bach 'na'n mynd i gael ei

sbwylio'n rhacs a fynta'n unig blentyn!" medda finnau cyn mynd yn ôl at fy ffilm.

Yna, digwyddodd rhywbeth ar y newyddion wnaeth dynnu sylw'r ddwy ohonon ni'n syth.

"Mae lladron wedi dwyn nifer o ddarnau drudfawr o gelf o'r Amgueddfa Genedlaethol. Yn ôl datganiad gan yr heddlu, mae'r gwaith lladrata wedi'i wneud gan ladron proffesiynol a dylai pob sefydliad cenedlaethol fod yn wyliadwrus. Gwrthododd yr heddlu ddweud os oedd ganddynt syniad pwy oedd y lladron."

"Wow, lladron proffesiynol!" meddai Lleucu. "Mae'n swnio fel tasan nhw wedi llwyddo i ddwyn rhywbeth gwerthfawr iawn."

"Ac mae'n swnio fel tasa gan yr heddlu ddim syniad pwy 'nath. Mae'n rhaid fod 'na gliw yn rhywle… Sgwn i ydyn nhw wedi cysylltu efo Mrs Pi? Mi fasa *hi*'n gwybod lle i ddechra chwilio."

Ro'n i'n teimlo Lleucu yn rhowlio'i llygaid wrth i mi siarad. Doedd Lleucu ddim yn hoff iawn o Mrs Pi. Roedd hi'n ei pharchu, ac yn falch iawn o fod wedi cael y cyfle i fod yn ysbïwraig, ond roedd Lleucu wastad yn dweud nad oedd hi'n gallu trystio Mrs Pi yn llwyr. Fy ateb i bob tro oedd:

"Wrth gwrs, ddylat ti ddim trystio unrhyw ysbïwr!"

Roedden ni'n dwy yn chwerthin bob tro ar ôl i mi

ddweud hynny, ond ro'n i'n dweud y gwir. Ro'n i wedi dysgu i beidio ymddiried yn llwyr yn neb oedd yn gweithio fel Asiant Cudd. Roedd gan bawb eu tasgau ac roedd pob tasg yn gyfrinachol. Ac roedd hynny'n golygu cadw cyfrinach oddi wrth dy ffrind gorau, a hyd yn oed oddi wrth dy fam... weithia.

Wrth edrych ar y newyddion a chlywed mwy am hanes y lladrad, a chlywed eto nad oedd gan yr heddlu unrhyw glem ble i ddechrau chwilio amdanyn nhw, tybiodd Lleucu a fi y byddai Mrs Pi yn galw cyn bo hir gyda rhyw Dasg Gudd i fynd ar drywydd y "lladron proffesiynol" 'ma. Roedden ni'n disgwyl i'r ffôn ganu unrhyw funud.

Daeth yr alwad gan Mrs Pi y prynhawn hwnnw, ond nid i fynd ar drywydd y lladron.

"Asiant A, mae gen i Dasg Gudd i ti."

"Rhywbeth i'w wneud â'r lladron, Mrs Pi?"

"Y lladron? Na, dwyt ti ddim yn barod i fynd ar drywydd y fath waith ar ôl dy helynt diweddara di."

"Ond..."

Cyn i mi allu cwyno, torrodd ar fy nhraws a chario mlaen.

"Dwi angen i ti ddod i fy swyddfa, mae hon yn Dasg Gudd breifat... i mi'n bersonol."

Roedd hynny'n fy nharo i'n od.

"Iawn, bydd Lleucu a fi draw mewn dim."

"Na na, Asiant A," meddai Mrs Pi yn frysiog. "Fyddi di ddim yn gweithio gydag Asiant Cu ar y dasg yma. Dim gair, os gweli di'n dda."

Rhoddodd y ffôn i lawr. Roedd yn gas gen i dasgau fel hyn, tasgau nad oeddwn i'n cael eu trafod efo Lleucu. Roedd hynny er lles y dasg ond hefyd er ei lles hi. Doedd fiw i unrhyw asiant wybod mwy na'r hyn oedd rhaid rhag iddyn nhw gael eu dal gan elyn a datgelu'r cwbwl. Ond roedd cadw cyfrinachau rhag Lleucu yn anodd.

Es i'n ôl i'r ystafell fyw lle roedd Lleucu yn dal i wylio'r newyddion. Roedd nifer o wleidyddion, arbenigwyr diogelwch a swyddogion yr heddlu wedi bod yn siarad. Edrychodd arna i a gofyn:

"'Dan ni'n mynd?"

"Dwi'n mynd," atebais.

Roedd hi'n deall yn syth beth oedd hynny'n ei feddwl.

"O." Roedd hi'n siomedig. "Rhywbeth i'w wneud â'r lladron 'ma?"

"Ti'n gwybod na alla i ddweud dim."

Gadewais y stafell heb ddweud dim byd arall. Casglais ambell beth mewn bag bychan a pharatoi i fynd. Doedd gen i ddim syniad o ddim. Doeddwn i ddim hyd yn oed yn gwybod os y byddwn i'n dod 'nôl i'r tŷ. Roedd hyn yn arferol, roedd yn rhaid i bawb baratoi bag dros nos, rhag ofn. A dyna ni, gadewais y tŷ a Lleucu, a gwneud fy ffordd ar droed trwy'r goedwig tuag at dŷ Mrs Pi. Roedd hi'n dechrau nosi.

2
UN O'R DEG

Ro'n i wedi cerdded trwy'r goedwig yma droeon. Doedd arna i ddim ofn o gwbwl. Ro'n i'n arfer bod ag ofn tywyllwch. Fy nychymyg yn methu ymdopi â gwagle du, roedd yn rhaid i mi ei lenwi rhywsut ac ro'n i wastad yn gwneud hynny efo siapiau od, synau dieithr a chysgodion rhyfedd. Fedrwn i ddim peidio gadael i'r dot bychan o ofn y tu mewn i mi dyfu'n fwgan. Ond ges i lond bol ar fod ag ofn a gorfodi fy hun i wynebu'r tywyllwch a rheoli fy nychymyg. Peidio gadael i mi fy hun gynhyrfu. Felly doedd gen i ddim ofn o gwbl wrth gerdded tuag at y tŷ mawreddog lle roedd Mrs Pi yn byw.

Ond wrth i mi gyrraedd crombil y goedwig, tua hanner ffordd trwyddi, clywais sŵn y dail oedd ar y llawr y tu ôl i mi yn crensian yn sydyn, fel petai rhywun yno. Arhosais yn stond wrth glywed y sŵn. Roedd hynny'n gamgymeriad. Os oedd rhywun yn fy nilyn ac yn fy ngweld i'n stopio, mae'n debyg y byddan nhw'n cuddio'n syth wrth sylweddoli 'mod i'n ymwybodol eu bod nhw yno. Felly, o fewn chwarter eiliad o stopio, plygais i lawr i esgus tynnu carreg o fy esgid. Edrychais ar fy oriawr gan bwyso'r botwm camera yn sydyn, ac yno ar y sgrin gwelais siâp rhywun y tu ôl i mi. Ro'n i mewn perygl. Neidiais a rholio mor slic ag y medrwn i a chuddio y tu ôl i goeden dderwen fawr.

"Pwy sy 'na?" gwaeddais.

Ond atebodd neb, dim ond ei heglu hi oddi yno. Ro'n i'n clywed sŵn eu traed yn sgrialu trwy'r coed yn glir, er nad o'n i'n gweld dim. Codais ar fy nhraed yn barod i redeg ar eu hôl. Ond wnes i ddim, oherwydd roedd geiriau Mrs Pi yn fy meddwl: "Ysbïwyr ydych chi, nid arwyr." Gwell oedd peidio tynnu mwy o drwbwl ar fy mhen. Roedd gan Mrs Pi system ddiogelwch effeithiol o gwmpas ei thir, felly pwy bynnag oedd y dieithryn roedd yn siŵr o gael ei ddal.

Er bod fy nghalon i'n pwmpio a 'mod i wedi dychryn, doedd o ddim wedi fy styrbio'n llanast. Roedd pethau fel hyn yn digwydd o bryd i'w gilydd. Rhywun wedi torri i mewn neu'n stelcio'r tŷ. Roedd gan Mrs Pi a'r asiantaeth elynion ym mhob man. Ond fel arfer roedden nhw'n cael eu dal, ac roedd cyfrinachedd Mrs Pi a'r asiantaeth yn dal yn gadarn.

Edrychais o fy nghwmpas mor drylwyr ac mor sydyn ag y gallwn, rhag ofn fod rhywbeth amlwg wedi'i adael ar ôl gan y dieithryn. Doedd dim i'w weld, felly rhedais nerth fy nhraed tuag at dŷ Mrs

Pi. Ro'n i'n clywed ei chŵn hi'n dod o bell, yna'n clywed rhai o'r swyddogion diogelwch oedd ganddi yn nesáu. Roedden nhw i gyd yn gwybod pwy o'n i ac yn gwybod 'mod i ar fy ffordd am gyfarfod, ond roedd unrhyw ymddygiad amheus wrth y tŷ yn cael ei drin fel bygythiad ac roedd rhedeg fel peth gwirion yn ymddygiad amheus. Wrth i mi fynd yn nes ro'n i'n teimlo bod rhywun rhywle yn anelu gwn dartiau cwsg tuag ata i. Rhywun yn y tŷ mwy na thebyg. Ond daliais i redeg, doedd dim amser i'w wastraffu.

Wrth redeg, cydiais mewn bathodyn bychan siâp seren oedd gen i ar fy mag. Roedd yn edrych fel bathodyn digon arferol, ond meicrosglodyn bychan oedd o a allai gael ei sganio i gadarnhau mai fi oedd fi. Ro'n i'n ei ddal yn uchel ac yn gweiddi:

"Asiant A i weld Mrs Pi… bathodyn yn yr awyr… mae perygl wedi ei ddarganfod yn y coed ac mae dieithryn ar droed wedi'i weld yn rhedeg. Angen ymateb ar frys!!"

Doedd dim i'w wneud ond gweiddi hyn drosodd a throsodd wrth redeg tuag at y tŷ. Wrth gyrraedd y grisiau tuag at y drws stopiais yn stond a rhoi fy nwylo yn yr awyr gan ddal y bathodyn tuag at gamera bychan uwchben y drws a chau fy llygaid yn dynn wrth ddisgwyl i rywun fy saethu gyda dart cwsg.

O fewn ychydig eiliadau agorodd y drws a daeth

tua saith swyddog diogelwch allan, wedi eu harfogi, a rhedeg heibio i mi tuag at y coed. Gollyngais anadl o ryddhad – roedden nhw wedi cael fy neges ac yn ymateb. Roedd Mrs Pi yn sefyll yn llonydd yn y drws. Doedd gen i ddim syniad beth oedd yn mynd trwy'i meddwl hi. Roedd yn amhosib darllen ei hwyneb gan ei fod mor sych a phlaen o hyd.

"Diolch, Asiant A. Wnaethoch chi'r peth iawn. Bydd popeth dan reolaeth cyn pen dim. Dewch i mewn."

Roedd swyddfa Mrs Pi yn un o'r llefydd mwyaf od ar y blaned yma. Roedd hi'n wag yno. Doedd dim byd ar y waliau, doedd dim llenni ar y ffenest fawr hyd yn oed. Llwyd golau oedd y lliw – lliw'r waliau, lliw'r nenfwd, lliw'r llawr a lliw'r ddesg enfawr, a lliw'r gadair gyfforddus lle roedd Mr Pi yn eistedd. Cefais gipolwg sydyn dros y papurau ar ei desg wrth iddi eu tacluso rhywfaint. Do'n i methu peidio, fy natur ysbïo yn fy ngorfodi. Yr unig beth welais i oedd y gair 'Amgueddfa'. Efallai 'mod i'n mynd i gael gweithio ar rywbeth oedd yn ymwneud â'r lladrad wedi'r cyfan, meddyliais.

Yng nghanol yr holl lwyd, roedd un peth du yn yr ystafell, rhyw fath o giwb solat o flaen ei desg, lle roedd pob ymwelydd yn eistedd. Bocs caled, anghyfforddus. Yn ôl y sôn roedd yr ystafell wedi ei chreu fel hyn er mwyn creu argraff ar feddwl unrhyw un oedd yn ymweld â hi. Yn gwneud iddyn nhw deimlo allan o le wrth eistedd ar y bocs du, gwneud iddyn nhw deimlo'n anghyfforddus. Dyna'n union oedd y neges roedd Mrs Pi yn ceisio'i chyfleu – dim ond hi oedd i fod yn yr ystafell ac roedd pawb arall yno i gael cyfarwyddiadau'n unig. Ro'n i'n deall y syniad yna'n iawn wrth i fy mhen ôl droi'n sgwâr ac oer ar y ciwb du o flaen ei desg bwganllyd.

Eisteddais yno'n ddistaw gan ddisgwyl iddi hi siarad. Eisteddodd wrth y ddesg ac agor ffolder lawn o'i blaen.

"Rydw i am i ti gymryd rhan mewn cystadleuaeth arbennig," meddai.

Cystadleuaeth? Beth? Cofiais beth ddywedodd hi ar y ffôn: Tasg breifat a phersonol i mi fy hun.

Aeth Mrs Pi yn ei blaen i egluro.

"Mae cwmni o'r enw Her Ll wedi lawnsio cystadleuaeth genedlaethol i bobol ifanc rhwng 10 ac 16 oed. Tydi'r gystadleuaeth ddim wedi cael ei chyhoeddi ar brif ffrwd y cyfryngau ond mae wedi dod i fy sylw i trwy wybodaeth fewnol."

"Gwybodaeth fewnol?" holais yn syth.

"Asiant A, dwi'n ymwybodol mai cwestiynu popeth yw dy swydd di ond dylat ti wybod erbyn hyn fy mod i'n rhoi'r holl wybodaeth rwyt ti angen ei wybod i ti, a does dim rhaid i ti holi mwy. Paid â thorri ar fy nhraws eto." Aeth yn ei blaen ar ôl wfftio. "Mae'r gystadleuaeth yn amheus ac yn rhyfedd o… sut alla i ddweud… rhyfedd o gyfarwydd."

"Be dach chi'n feddwl?" mentrais yn ansicr y tro hyn.

Ochneidiodd Mrs Pi yn ddiamynedd eto, cyn gofyn yn annisgwyl: "Wyt ti'n hoffi siocled poeth?"

"Ymmm… ydw."

"Tyrd efo fi."

Dilynais hi o'r ystafell lwyd annifyr ar hyd coridor hir i'r gegin. Cegin fawr, gynnes, braf. Roedd gwres yn dod o dan y teils ar y llawr, roedd 'na gelfi pren mawr a dwy gadair gysurus i eistedd arnyn nhw wrth y stof oedd yn llosgi coed.

"Eistedda," meddai Mrs Pi, cyn gwneud siocled poeth i ni'n dwy.

Yno, wrth yfed siocled poeth, eglurodd y cyfan. Roedd ganddi asiant oedd yn cadw llygad ar Asiantaethau Cudd eraill. Roedd mwy na dim ond ni yn gweithredu. Nid bod yr asiantaethau yma'n elynion ond roedd hi'n syniad da cadw llygad ar eu symudiadau rhag i Dasgau Cudd fynd ar draws ei gilydd. Felly pan ddaeth ein hasiant ni'n ôl gyda gwybodaeth am gystadleuaeth genedlaethol i bobol ifanc oedd yn gosod heriau tebyg i rai sy'n cael eu defnyddio i hyfforddi ysbïwyr, roedd yn rhaid gwybod mwy.

"Dwi'n meddwl bod Asiantaeth Gudd arall yn ceisio recriwtio unigolion ifanc arbennig fel chi."

"Ond Mrs Pi, mae 'na nifer o asiantaethau eraill fel ni yn bodoli. Pam mae'r rhain yn wahanol?"

"Wel, maen nhw am recriwtio plant."

"Fel wnaethoch chi..."

"Does dim llawer o ysbïwyr ifanc yn y wlad. Rwyt ti, Lleucu a Twm yn bethau prin." Arhosodd cyn mynd ymlaen. "Rwyt ti'n hapus, yn dwyt?"

"Ydw, Mrs Pi, yn hapusach nag erioed."

Lledodd ei gwefusau main a rhoi gwên fach. Yna dywedodd rhywbeth nad o'n i wedi ei chlywed hi'n ei ddweud o'r blaen. Dywedodd ein bod ni fel aur iddi, ac mai ein cadw ni'n ddiogel yw ei phrif flaenoriaeth.

"Rydych chi'n *arwyr*," meddai. "Rydych chi wedi rhoi'ch bywyd i hyn."

Do'n i erioed wedi meddwl am y sefyllfa fel yna o'r blaen. Ro'n i'n derbyn mai dyma sut yr oedd pethau; mai dyma roedden ni'n ei wneud yn hytrach na mynd i'r ysgol efo ffrindiau ac am dro i'r traeth ar y penwythnosau, neu i siopa yn y dre a chwarae gemau cyfrifiadurol gyda'r nos. Doedd fy mywyd i erioed wedi bod yn arferol, ond ro'n i'n caru hynny.

"Rydyn ni eisiau darganfod pwy yw'r bobol 'ma sy'n recriwtio, er mwyn gwneud yn siŵr eu bod yn gofalu am y bobol ifanc yn iawn. Gwneud yn siŵr nad ydyn nhw'n cymryd mantais."

"Gwneud yn siŵr nad oes dim byd amheus arall yn mynd ymlaen?" Edrychais i fyw llygaid Mrs Pi.

"Ie, falle," meddai hi heb wthio dim byd ymhellach.

Ro'n i'n ystyried ei geiriau hi'n ofalus. Roedd hi'n iawn. Os oedd hyn i gyd yn wir roedd yn rhaid gwneud yn siŵr fod pwy bynnag oedd yn dod i mewn i'r byd ysbïo yma yn cael yr holl gefnogaeth a gofal ag yr o'n i, Lleucu a Twm wedi'i gael.

Aeth Mrs Pi ymlaen i roi gwybodaeth am y gystadleuaeth i mi. Roedd hi wedi cael ei lawnsio rai misoedd yn ôl erbyn hyn ac roedd deg wedi cael eu dewis i gystadlu yn y rowndiau terfynol.

"Ond sut ydw i'n mynd i fod yn un o'r deg?" holais mewn penbleth.

"Paid â phoeni dim am hynny. Rydan ni wedi llwyddo i wneud yn siŵr dy fod yn un o'r deg," oedd ateb slic Mrs Pi. "Dy dasg di fydd ennill er mwyn darganfod pwy sydd y tu ôl i'r cyfan, a beth yn union yw'r 'wobr' 'ma. Ond mae hi'n hynod, hynod bwysig nad ydyn nhw'n darganfod dy fod yn ysbïwr. Does neb yn gwybod am eich bodolaeth chi fel ysbïwyr ifanc a hoffwn gadw hynny."

Felly dyna ni, ro'n i'n un o'r deg oedd yn mynd i fod yn cystadlu ymhen tridiau mewn cystadleuaeth galed, amheus a thwyllodrus, a'r Dasg Gudd oedd ennill.

3
HER LL

Mae hi ychydig bach yn oer ar y trên 'ma heno. Taswn i wedi cael mwy o amser, baswn i wedi medru pacio siwmper gynhesach. Dwi'n trio peidio codi fy mhen i edrych ar y chwech arall sy'n teithio, dwi ddim isio dal llygaid neb, felly well i mi gario mlaen i sgwennu. Mae 'na dipyn mwy i'w ddweud.

★ ★ ★ ★ ★

Ar ôl bod efo Mrs Pi, roedd bod yn y tŷ efo Lleucu am dri diwrnod heb gael dweud dim wrthi yn anodd. Ro'n i wedi arfer cadw pethau fel hyn i mi fy hun ond ro'n i wir eisiau trafod y dasg yma efo hi. Roedd y dasg yn wahanol i'r arfer ac roedd rhywbeth bach yn cnoi y tu mewn i mi am yr holl beth, ond do'n i ddim yn siŵr beth.

Daeth diwrnod cyntaf y gystadleuaeth. Deffrais yn fuan – do'n i ddim eisiau cael brecwast gyda Lleucu. Mae'n rhaid ei bod hi'n cysgu'n hwyr, meddyliais, doedd dim smic wedi dod o'i hystafell o gwbwl. Gadewais y tŷ cyn iddi godi. Roedd 'na gar yn aros amdana i y tu allan i'r tŷ, a Wil y gyrrwr yn eistedd ynddo. Ro'n i'n ei adnabod yn dda erbyn hyn, oherwydd roedd o wedi bod yn gofalu amdana i ers blwyddyn.

"Iawn, Asiant A? Mae gen i lond bocs o fferins, pop a ffrwythau yn y cefn 'na. Helpa dy hun!"

"Diolch, Wil!" Roedd o'n ein sbwylio ni ond doedden ni ddim yn dweud dim wrth Mrs Pi!

Edrychais ar fy Oriawr Tuhwntoglyfar, a phwyso'r botwm ar enw Mam. Ymddangosodd ei hwyneb ar yr oriawr, ond roedd y llun braidd yn dywyll.

"Haia, Mam!" meddwn i.

"Haia," sibrydodd hithau. "Ti'n iawn?"

"Ydw, ar fy ffordd i gystadleuaeth arbennig…"

"Alys, sawl gwaith sydd yn rhaid i mi ddweud wrthat ti?! Paid â dweud dim wrtha i. Bydda i'n cael gwybod popeth sydd angen gan Mrs Pi." Roedd hi'n dal i sibrwd.

"Sori. Pryd wyt ti'n dod adra? Gawn ni sgod a sglods a ffilm rhyw noson?"

"Cawn siŵr…" atebodd yn frysiog. Ro'n i'n dechrau amau ei bod hi'n rhy brysur i siarad efo fi.

"Be ti'n neud, Mam?"

"Cuddio," meddai.

A dyna pryd y sylweddolais fod Mam ar ganol Tasg Gudd ac yn cuddio rhag rhywun a 'mod i'n ei ffonio i siarad am *fish* a *chips*!

"O na, dwi mor sori, Mam! Ffonia fi pan mae hi'n ddiogel i ti neud." Pwysais y botwm i orffen yr alwad.

Ro'n i wedi dweud a dweud wrth Mam am beidio ateb y ffôn os oedd hi'n brysur. Ond roedd hi'n mynnu 'mod i'n bwysicach nag unrhyw Dasg Gudd ac y byddai hi wastad yn fy ateb. Gobeithio nad o'n i wedi creu helynt iddi a'i bod hi'n iawn, meddyliais.

Ro'n i a Mam wedi dod i arfer â pheidio poeni gormod am ein gilydd wrth i ni ysbïo. Roedden ni'n dwy yn gwybod ein bod ni'n dda ac yn glyfar ac roedd poeni yn gallu amharu ar gadw'r meddwl yn glir. Ond roedd 'na deimlad mawr o ryddhad bob tro roedd un ohonon ni'n cwblhau tasg yn ddiogel.

Gyrrodd Wil yn ei flaen a rhoddais innau fy mhen yn erbyn y drws. Edrychais drwy'r ffenest ar y wlad yn mynd heibio. Roedd y wawr wedi torri'n llwyr erbyn hyn a golau'r haul yn llithro dros y caeau fel hufen dros bwdin. Mae'n rhaid 'mod i wedi pendwmpian gan mai'r peth nesaf ddigwyddodd oedd sŵn corn yn canu'n uchel.

"Sori, Asiant A! Mae'r traffig yn ddifrifol. Mae'n debyg y byddwn ni fymryn yn hwyr."

Roedden ni yng nghanol y ddinas a'r traffig yn symud yn araf. Ond cyn pen dim, trodd Wil y car i mewn i faes parcio dan do. Siaradodd gyda'r blwch bach wrth y giât:

"Alys Phillips ar gyfer y gystadleuaeth," meddai Wil.

Agorodd y giât yn syth.

Roedd dynes ifanc, ddeniadol mewn siwt las tywyll yn aros amdanon ni. Camodd Wil a minnau o'r car gan ymddiheuro ein bod ni'n hwyr.

"Dim problem," meddai'r ddynes. "Alys, os galli di fynd at y lifft acw, a chi, syr…"

"Wiliam… Wncwl i Alys."

"A chi felly, Wiliam, trwy'r drws acw. Mae'r rhieni eraill yno'n cael paned."

Roedd hi'n ddynes glên, yn gwenu'n siriol. Edrychodd Wil arna i a chodi bawd gan ddweud, "Pob lwc!"

Daeth y ddynes efo fi yn y lifft gan ddweud bod pawb arall wedi cyrraedd yn barod.

"Gyda llaw, Elen ydw i. Dwi'n rhan o'r tîm sy'n rhedeg y gystadleuaeth. Wir i ti, mae'n mynd i fod yn brofiad gwych. Mi wnei di fwynhau! Wedi i ni gyrraedd llawr 6 dos yn syth i ddrws rhif 10. Dyna dy ddrws di, ac yna rhaid i ti ddilyn y cyfarwyddiadau."

Dechreuais deimlo'n hynod o gyffrous. Wedi'r cyfan, os oedd Mrs Pi yn iawn ac mai Asiantaeth Gudd arall oedd yn recriwtio, doedd hi ddim yn sefyllfa ry beryglus i fod ynddi, fel rhai o'r Tasgau Cudd eraill ro'n i wedi bod arnyn nhw. Er, roedd hi'n hanfodol nad oedd neb yn dod i amau 'mod i'n ysbïwraig yn barod. Ro'n i'n awyddus iawn i blesio Mrs Pi, a dangos iddi 'mod i'n ddibynadwy.

Agorodd drysau'r lifft i goridor hir a thro ynddi, oedd yn edrych fel petai'n mynd o amgylch ystafell gron. Roedd drysau ar hyd y wal. Doedd dim llawer o bellter rhwng y drysau ac felly ro'n i'n dyfalu eu bod i gyd yn arwain i'r un ystafell yn y pen draw.

"Ffwrdd â ti," meddai Elen, "trwy ddrws rhif 10."

Gadewais Elen yn y lifft a mynd am ddrws rhif 10.

Ystafell fechan oedd y tu ôl i'r drws. Roedd 'na grys-t lliw oren yn hongian yno gyda nodyn bach yn dweud "Gwisga fi!" Felly fe wisgais i'r crys-t dros fy siwmper. Roedd drws arall yr ochr arall i'r ystafell ac arwydd yn dweud "Rho dy draed ar y groes."

A dyna wnes i. Sefyll ar y groes o flaen y drws arall yn fy nghrys-t oren. Yn sydyn, clywais lais dwfn yn y pellter.

"Croeso i Her Ll. Rydych chi i gyd wedi llwyddo i gyrraedd y rowndiau terfynol oherwydd eich gallu arbennig. Ond pwy ydych chi?"

Gyda hyn, llithrodd y drws o'm blaen i'r ochr a

datgelu ystafell gron gyda naw arall yn sefyll yn y tywyllwch mewn ystafelloedd bach ac yn gwisgo crysau-t oren fel fi. Roedd hi'n weddol dywyll ac roedd hi'n anodd gweld wynebau pawb. Goleuodd un blwch a dywedodd y llais,

"Rhif 1 – Gwlithyn Hywel."

Gwelais fachgen tenau a'i ddwylo yn ei bocedi. Roedd ei wallt yn frown ac roedd ganddo frychni dros ei drwyn. Roedd yn edrych o'i gwmpas, a golwg gyfrwys ar ei wyneb.

"Rhif 2 – Teleri Eleri."

Merch dal a chryf, braidd yn frawychus. Fydda i ddim isio croesi hon, meddyliais.

Roedd y golau'n codi ar bawb fesul un – rhif 3, rhif 4, rhif 5, rhif 6 – yna daeth rhif 7 fel bwced o ddŵr oer drosta i:

"Rhif 7 – Lleucu Ffrancs."

Be? Lleucu? Syllais ar ei hwyneb, ac roedd hi'n gwenu fel giât. Ia, Lleucu oedd yno. Yn sydyn, roedd fy meddwl i'n rasio.

"Rhif 8 – Rwa Kim."

Doedd Lleucu'n amlwg ddim wedi fy ngweld i eto. Beth oedd hi'n ei wneud yno? Oedd hi yno fel Asiant Cudd hefyd? Dylai Mrs Pi fod wedi dweud wrtha i. Roedd hyn yn beryglus.

"Rhif 9 – Steffan Macs."

Am eiliaid, ystyriais gamu'n ôl ond roedd hi'n rhy hwyr.

"Rhif 10 – Alys Phillips."

Gwelodd Lleucu fi, ac aeth ei llygaid yn fawr fel soseri. Ro'n i'n syllu arni hithau hefyd. Doedd hi'n amlwg ddim yn disgwyl fy ngweld i. Edrychodd i ffwrdd yn gyflym. Doedd hi ddim yn falch o 'ngweld i. Do'n i ddim yn falch o'i gweld hi chwaith a dweud y gwir.

Aeth y llais ymlaen i gyflwyno Elen fel arweinydd y rowndiau. Ymddangosodd hithau yng nghanol yr ystafell wrth gael ei chodi i fyny ar blatfform trwy ganol y llawr. Roedd hyn yn brofiad anhygoel, roedd hi'n iawn am hynny. Roedd yn amlwg fod rhywun wedi gwario tipyn o arian ar yr holl sioe. Camodd pawb ymlaen a chaeodd y drysau y tu ôl i ni.

"Helô, a chroeso i Her Ll. Elen ydw i, fel yr ydych chi'n gwybod. Fi fydd yn eich harwain chi drwy'r heriau. Mae'ch rhieni chi'n eich gwylio ar sgriniau i lawr y grisiau. Diolch i chi i gyd am gystadlu er mwyn cyrraedd y rownd yma. Allan o'r cannoedd a wnaeth ymgeisio, doedd dim llawer wedi llwyddo i gyflawni'r heriau cudd oedd wedi eu dosbarthu."

Roedd pawb yn edrych ar ei gilydd, yn amlwg yn gwybod am beth roedd hi'n sôn. Ond do'n i ddim. Ro'n i wedi twyllo i fod yma – Mrs Pi oedd wedi trefnu popeth. Do'n i ddim wedi cyflawni'r un her gudd! Yn sydyn, ro'n i'n teimlo braidd yn flin… ro'n i dan anfantais yn syth. Pam na fyddai hi wedi gadael i mi ymgeisio fel pawb arall? Edrychais ar Lleucu, ond roedd hi'n osgoi edrych arna i.

Eglurodd Elen fod Rownd 1 yn digwydd heddiw ac y byddai dau gystadleuydd yn gadael y gystadleuaeth ar ddiwedd yr her. Bydd y gweddill yn dod yn ôl i wynebu'r her nesaf ymhen rhai dyddiau mewn lleoliad arall. Pan ddywedodd hi hyn, aeth rhyw dyndra trwy'r ystafell. Ro'n i'n gwybod yn syth 'mod i mewn cwmni cystadleuol. Edrychodd Lleucu arna i am eiliad cyn edrych i ffwrdd eto.

"Bydd tair rownd i gyd ac yna'r diweddglo mawr i'r pedwar olaf… a'r wobr gudd i'r Pencampwr neu'r Pencampwyr wrth gwrs!!"

Edrychodd pawb ar ei gilydd. Roedd yr holl beth yn amwys iawn ac i mi, yn amheus. Gwobr gudd?

"Bydd y rownd gyntaf yn dechrau cyn bo hir. Byddwch chi'n camu'n ôl trwy'r drysau ac yn cael eich cloi yn eich ystafelloedd. Eich her chi fydd dianc o'r ystafell. Dyma gyfle i chi gael sgwrs fach cyn i chi fynd yn erbyn y cloc… ac yn erbyn eich gilydd."

Daeth Lleucu'n syth ata i.

"Be wyt ti'n da 'ma?" gofynnodd.

"Fi? Be wyt *ti'n* da 'ma? Fy Nhasg Gudd i ydi hon."

"Tasg Gudd? Am be wyt ti'n sôn?"

Roeddwn ni'n dwy yn sibrwd ac yn cadw llygad ar y gweddill rhag i neb ddechrau amau dim.

"Tasg Gudd 'de. Ti'n gwybod be mae hynny'n ei feddwl!"

Ro'n i'n dechrau amau fod Lleucu wedi drysu.

"Ti'n gweithio? Pam? Be sy'n mynd ymlaen?" Roedd y syndod yn ei llygaid yn enfawr ond cyn i ni fedru cario mlaen gyda'r sgwrs daeth Teleri Eleri, yr hogan dal a chryf, aton ni.

"Ennill gêm oedd bron yn amhosib mewn ffair 'nes i. Beth amdanoch chi?" holodd gyda'i llais dwfn.

"Y?" meddwn innau fel buwch.

"Pos mewn cylchgrawn," atebodd Lleucu. Edrychodd Lleucu arna i.

"O ia, a fi, 'run peth," meddwn i'n betrusgar.

Crychodd ei thalcen cyn symud mlaen at y nesaf a holi'r un cwestiwn.

"Be oedd hynna?!" Ro'n i'n teimlo 'mod i ar goll yn barod a doedd pethau ddim wedi dechrau'n iawn eto. Lleucu oedd fy unig obaith ar y pwynt yma.

"Mae pawb wedi llwyddo i ddatrys her neu bos neu basio rhyw brawf penodol cyn cael cyfle i ymgeisio ar y we i gyrraedd y rowndiau yma. Ddyla bod ti'n gwybod hyn i gyd! Roedd 'na heriau cudd wedi eu gosod ym mhob man, mewn cylchgronau, mewn prawf yn yr ysgol, gêm ar app, tasg mewn ffair… pob math o bethau," eglurodd Lleucu.

"A dyna beth oedd y pos 'na roeddet ti'n ei neud yn y cylchgrawn y diwrnod o'r blaen?"

"Ia. Felly sut yn y byd wyt ti wedi cyrraedd? Doedd o ddim yn hawdd, sti. Rydan ni i gyd yma am ein bod ni'n anarferol o alluog mewn rhyw faes penodol."

Roedd hi'n edrych arna i fel petawn i ddim yn ddigon da i fod yno, ddim yn haeddu fy lle, ac roedd hynny'n berwi fy ngwaed.

"Fel ddeudish i… dwi yma ar Dasg Gudd, ac mae'r ffaith dy fod di yma yn peryglu'r holl dasg, felly well i ti adael."

"Gadael?! Fi?" Roedd wyneb Lleucu yn biws.

Yn sydyn, canodd cloch yn gras dros yr ystafell. Roedd Rownd 1 ar fin dechrau.

4
DIANC

Llithrodd y drws ar agor eto, ac edrychais dros fy ysgwydd ar Lleucu. Roedd hi eisoes wedi camu i'w hystafell. Edrychodd i fyw fy llygaid cyn i'w drws hi gau yn glep. Anadlais yn ddwfn a gwneud yr un peth.

Pan oedd y drysau i gyd wedi cau roedden nhw'n cael eu cloi o'r tu allan yn syth.

Roedd yr ystafell wedi newid yn llwyr. Roedd wedi ei dodrefnu fel swyddfa. Roedd cwpwrdd wedi'i gloi a radio arno, cadair, a desg oedd yn edrych yn drwm a droriau ynddi. Roedd tipyn o bapurau a beiros ar y ddesg hefyd. Edrychais trwyddyn nhw ar ras ond doedd dim byd wedi cael ei ysgrifennu. Roedd llun o'r haul yn machlud wedi'i beintio a'i fframio ar y wal. Rhoddais fy mysedd i geisio codi'r ffrâm i weld os oedd unrhyw beth y tu ôl iddo, ond doedd dim posib ei godi, roedd wedi'i sgriwio i'r wal. Roedd ffrâm fach arall yn uchel ar y wal gefn y tu ôl i'r ddesg, a cherdd fechan wedi'i hysgrifennu. Sefais yn frysiog ar y gadair er mwyn mynd yn nes ati:

Dyma'r rhestr bwysicaf yn dy fywyd di.
Dysg hi'n gywir, ofalus, er mwyn ei chofio hi.
O A i Y yn rhwydd er mwyn cael dysgu'n iawn,
Bydd dy iaith yn dibynnu ar wybod hon yn llawn.

Doedd y gerdd ddim yn gwneud llawer o synnwyr i mi. Roedd yn swnio fel pennill plant yn sôn am yr wyddor efallai? Na, doedd dim cliw yma, dim ond rhywbeth bach ar y wal. Codais y ffrâm rhag ofn fod rhywbeth yn cuddio y tu ôl iddi. Dim. Ro'n i'n teimlo'n anobeithiol, a dyna pryd 'nes i ddod yn ymwybodol o'r sŵn tician.

Roedd y cloc wedi hen ddechrau ac yn rhedeg yn gyflym. Dechreuais deimlo'r pwysau. Neidiais oddi ar y gadair yn flin gyda fi fy hun am wastraffu amser. Be rŵan? Chwilio'n wyllt a gwneud llanast?

Tic toc tic toc…

Doedd tician y cloc ddim yn fy helpu i feddwl yn glir, na meddwl am Lleucu a phawb arall oedd siŵr o fod hanner ffordd i ddarganfod yr allwedd erbyn hyn gan eu bod nhw'n "anarferol o alluog", wfftiais. Caeais fy llygaid ac anadlu'n ddwfn. Reit…

Agorais fy llygaid eto. Mae'n rhaid fod rhywbeth anghyffredin yma sy'n mynd i ddechrau'r llwybr o ddarganfod yr allweddi. Ro'n i'n iawn. Ar wyneb y ddesg roedd twll maint deg ceiniog. Roedd hyn yn anarferol. Ceisiais edrych i mewn i'r twll. Oedd rhywbeth yno? Roedd y twll yn dywyll ond ro'n i'n gallu gweld rhywbeth arian yn disgleirio. Allwedd? Ceisiais agor droriau'r ddesg ond roedden nhw wedi'u cloi. Ro'n i angen rhywbeth hir i bysgota'r allwedd allan.

Yn sydyn, clywais sgrech cloch. Roedd hynny'n golygu bod rhywun wedi llwyddo i ddatgloi drws ei ystafell, a hynny'n ofnadwy o gyflym. Ro'n i'n dechrau chwysu. Tydw i ddim yn hoffi colli a do'n i'n sicr ddim yn mynd i fynd allan yn y rownd gyntaf! Fasa Mrs Pi byth yn meddwl 'mod i'n ddigon da i fod yn ysbïwraig wedyn.

Gafaelais yn y radio bach oedd ar ben y cwpwrdd. Roedd blaen ffon-signal y radio yn edrych yn fwy trwchus nag arfer. Magned oedd o? Rhwygais y ffon oddi ar y radio a'i gollwng ben i waered i lawr y twll. Clywais glic bychan, roedd rhywbeth wedi glynu wrtho. Fe'i tynnais allan o'r twll yn ofalus, ofalus. Allwedd. Ro'n i wedi darganfod allwedd! Ond roedd yr allwedd yn rhy fychan i agor drws yr ystafell, ond rhaid ei fod yn agor rhywbeth arall. Beth?

Tic toc tic toc...

Roedd yn rhaid i mi frysio. Rhuthrais at gloeon droriau'r ddesg a cheisio gwthio'r allwedd fach i'w hagor ond doedd hi ddim yn ffitio. Chwiliais yn wyllt am glo arall, cyn cofio am y cwpwrdd.

Brrrrrring! Cloch arall yn canu. Roedd rhywun arall wedi llwyddo.

Ro'n i'n gwylltio'n gacwn. Gwthiais yr allwedd i glo'r cwpwrdd. Roedd hi'n ffitio. Agorais ddrws y cwpwrdd. Ynddo roedd chwe photel wydr fawr gyda rhifau o 1 i 29 yn rhedeg i fyny eu hochrau. Roedd 29 yn uchafswm rhyfedd. Pam ddim mynd hyd at 30? Roedd dŵr yn cyrraedd rhif gwahanol ar bob un.

Neidiais ar fy nhraed a gafael mewn papur a beiro oddi ar y ddesg ac ysgrifennu'r rhifau yn y drefn roedd y poteli'n sefyll... 17, 1, 4, 15, 27, 5. Treuliais ychydig funudau yn pendroni uwchben y papur rhifau yn ceisio gweld rhyw fath o batrwm mathemategol. Ond welwn i ddim.

Tic toc...

Roedd yr ystafell yn troi o fy nghwmpas. Oedd cliw yn rhywle? Pwyllais eto gan fynd yn ôl at fy meddwl cyntaf, chwilio am rywbeth anarferol. Yn sydyn, syllais ar y gerdd fechan mewn ffrâm ar y wal. Roedd rhywbeth anarferol amdani. Doedd dim teitl. Dim ond cerdd heb enw. Darllenais hi eto:

Dyma'r rhestr bwysicaf yn dy fywyd di.
Dysg hi'n gywir, ofalus, er mwyn ei chofio hi.
O A i Y yn rhwydd er mwyn cael dysgu'n iawn.
Bydd dy iaith yn dibynnu ar wybod hon yn llawn.

Cerdd am yr wyddor oedd hi, mae'n rhaid.

"Yr wyddor. Yr wyddor," ro'n i'n ei ddweud yn uchel er mwyn fy helpu i feddwl. Edrychais ar y rhifau, yna ar y poteli. 1 i 29... Mae'n rhaid bod cysylltiad, meddyliais, cyn cofio'n sydyn mai 29 llythyren oedd yn yr wyddor. Ai cod syml rhifau yn lle llythrennau oedd hwn? Do'n i ddim gwaeth na thrio hynny. Ysgrifennais yr wyddor ar bapur mor gyflym ag y gallwn i a rhifo pob llythyren. Yna, dilynais y rhestr o rifau ro'n i wedi eu casglu oddi ar y poteli a'u cyfnewid am lythyren:

M. A. CH. L. U. D.

Ro'n i'n gwybod yn syth beth oedd hynny'n ei feddwl. Rhuthrais at y llun o'r machlud oedd ar y wal. Doedd y ffrâm yn sicr ddim yn dod yn rhydd oddi ar y wal, ond wrth redeg fy mysedd dros wyneb y llun, teimlais rhywbeth − siâp allwedd.

Brrrrring! Eto, rhywun arall wedi llwyddo a finnau mor agos.

Rhwygais y llun o'r gornel nes iddo ddisgyn fel hen bapur wal i'r llawr a dyna lle roedd yr allwedd. Agorais y drws a chamu allan i sŵn cloch. Fi oedd y pedwerydd.

Roedd y tri arall yn sefyll yng nghanol yr ystafell. Yr hogyn main tawel, Rhif 1, Gwlithyn Hywel. Y ferch fawr, Rhif 2, Teleri Eleri. A phwy oedd y trydydd reit wrth fy ymyl? Hogyn trwyn smwt a'i wallt yn syth fel pìn, Rhif 9, Steffan Macs.

"Llongyfarchiadau," meddwn cyn mentro gofyn, "pwy oedd y cynta?"

Gwgodd trwyn smwt a'r gawres arna i, ond gwenu'n gyfrwys wnaeth Gwlithyn. Fo oedd y cyntaf, felly. Ro'n i'n synnu. Doedd hwnnw ddim yn edrych fel petai ganddo'r gallu i dynnu draenen o'i fawd, heb sôn am ddatrys y cliwiau i gyd mor gyflym. Es i sefyll atyn nhw yng nghanol yr ystafell. Doedd neb yn dweud dim. Aeth rhai munudau heibio cyn i'r drws nesaf agor a'r gloch ganu. Lleucu.

Camodd allan gyda rhyddhad ar ei hwyneb, cyn iddi fy ngweld i. Yna, golwg flin oedd ar ei hwyneb. Cerddodd aton ni yn y canol.

"Da iawn," meddai hi'n swta wrthon ni i gyd. "Ti oedd gynta, mwn," meddai hi dan ei gwynt wrtha i.

Ond cyn i mi ateb daeth y cystadleuydd nesaf trwy'r drws. Hogan debyg i mi o ran maint, gyda gwallt du fel y fagddu a llygaid glas golau fel y môr ar ddiwrnod braf. Ro'n i wedi clywed ei henw yn y rhestr, ond do'n i ddim yn gallu cofio. Mae'n rhaid mai hi oedd y rhif yn syth ar ôl rhif Lleucu, pan o'n i'n trio dod dros y sioc o weld Lleucu yno ac wedi methu canolbwyntio.

Daeth y nesaf, Jena Wyn, a'i gwallt fel mêl.

"Be?! Oeddach chi i gyd wedi llwyddo cyn fi? Ma hynny'n jôc!"

Roedd hon yn barablus, yn siarad, siarad, siarad, ac eisiau gwybod yn union pwy oedd wedi dod yn gyntaf.

Ro'n i'n gwybod 'mod i wedi cymryd 4 munud, 43 eiliad, felly roedd Gwlithyn wedi llwyddo i ddianc mewn amser cyflym iawn. Hurt o gyflym. Ro'n i wedi clywed ei gloch cyn i mi ddatrys y rhwystr cyntaf hyd yn oed. Doedd y peth ddim yn bosib. Edrychais arno o gil fy llygad. Daeth y tri olaf wedyn... Caradog, Tomi a Swyn. Doedd Tomi a Swyn ddim yn hapus – roedden nhw'n gwybod yn syth eu bod allan o'r gystadleuaeth.

Er hynny, roedd tipyn o fwrlwm pan ddaeth pawb allan. Ond doedd Lleucu ddim yn edrych arna i o gwbl. Yna, clywsom sŵn cymeradwyaeth a bloeddio a daeth Elen i mewn i'r ystafell. Roedd hi'n hogan hardd, yn edrych yn heini ac yn iach a chanddi glustlysau bychan sgleiniog yn disgleirio fel ei llygaid.

"Clywch," meddai. "Mae eich teuluoedd yn eich cymeradwyo, roeddan nhw'n eich gwylio chi i gyd yn ofalus. Maen nhw'n cael amser da – digon o fwyd a the ac adloniant wrth gwrs!"

Roedd y sŵn yn dod o seinyddion bychan yn y to.

Trodd rhywun y sŵn i ffwrdd er mwyn i Elen gael siarad eto.

"Os ewch chi i gyd i sefyll wrth eich drysau eto, os gwelwch yn dda." Aeth pawb yn ufudd a thawel.

"Llongyfarchiadau," meddai hi wedyn. "Mae pawb wedi llwyddo i ddianc. Gwych. Ond rhai ohonoch chi wedi gwneud yn well na'r lleill. Rhai wedi datrys y cliwiau i gyd yn gyflym iawn, rhai wedi meddwl am ffyrdd gwahanol o ddianc ac eraill wedi llwyddo i osgoi'r amlwg a mynd am yr opsiwn rhwydd."

Beth? Roedd mwy nag un ffordd o ddianc? Ro'n i'n dechrau mynd yn amheus.

Trodd Elen at Gwlithyn.

"Gwlithyn, ti oedd y cyntaf. Wnest ti lwyddo i ddianc mewn llai na 45 eiliad. Rhyfeddol."

Ebychodd y rhan fwyaf ohonon ni mewn anghrediniaeth.

"Ma hynna'n amhosib, siŵr!" meddai Jena.

Ro'n i'n meddwl yn union yr un fath.

"Gwlithyn, wyt ti isio datgelu sut wnest ti lwyddo i ddianc mor gyflym?"

Rhoddodd hanner gwên. Sylweddolodd nad oedd neb arall wedi llwyddo i ddianc yr un ffordd ag y gwnaeth o.

"Hud a lledrith!" meddai.

Mae'n debyg mai dewin bach oedd Gwlithyn

Hywel, a hud a lledrith oedd ei ddawn arbennig. Roedd y ddau arall, Teleri a Steffan, wedi llwyddo i ddianc yn gyflym hefyd ond malu'r drws i ddianc wnaeth Teleri Eleri ar ôl colli ei hamynedd. Roedd Steffan wedi llwyddo i ddatrys y cliwiau fel fi ac wedi curo fy amser o rai eiliadau yn unig. Roedd hynny'n fy ngwylltio i'n waeth.

"Yn anffodus, Teleri, er mai ti oedd yr ail i ddianc, rwyt ti'n cael dy wahardd."

"Beth? Ond dyw hynna ddim yn deg!" Roedd y gawres yn codi ei llais.

"Doedd malu'r drws ddim yn opsiwn. Tydi gwneud difrod amlwg, swnllyd, ddim yn golygu dy fod wedi dianc yn llwyddiannus," meddai Elen cyn gofyn iddi adael y gystadleuaeth.

Roedd geiriau Elen wedi taro cloch yn fy mhen. Ro'n i wedi eu clywed o'r blaen. Ro'n i'n siŵr fod Mrs Pi wedi dweud yr union beth wrtha i yn ystod fy hyfforddiant pellach. Efallai ei bod hi'n iawn, ac mae cystadleuaeth i ddarganfod ysbïwyr ifanc oedd hon.

Wedi i Teleri Eleri adael, cyhoeddodd Elen fod Tomi yn cael cymryd ei lle gan adael Swyn ar ôl. Roedd hi, fel Teleri, yn gorfod gadael.

Edrychais ar Tomi, a chanddo wallt coch a sbectol drwchus ar ei drwyn. Gwenodd yn siriol o glywed y newyddion. Roedd o'n edrych fel rhywun oedd yn mwynhau creision blas caws a nionyn… paid â gofyn pam, jyst dyna beth ddaeth i fy meddwl wrth ei astudio.

"Byddwn ni mewn cysylltiad yn fuan gyda threfniadau'r rownd nesaf," meddai Elen cyn dod â'r cyfan i ben a'n hanfon ni at ein teuluoedd.

Felly, yn mynd ymlaen i rownd nesaf Her Ll roedd Gwlithyn, Steffan, Jena, Caradog, Tomi a'r hogan dawel o'r enw Rwa Kim, ac wrth gwrs, Lleucu a fi.

5
ANGEN GWYBOD MWY

'Nes i drio dal llygaid Lleucu ar y diwedd ond diflannodd cyn i mi allu cael gafael arni. Doedd hi ddim yn mynd i allu fy osgoi i heno os oedd hi'n dod adra. Eisteddais yn y car gyda Wil.

"Da iawn. Weles i'r cyfan! A Lleucu! O't ti'n gwybod ei bod hi am fod 'na? Odi Mrs Pi yn gwybod?" Roedd Wil yn gwestiynau i gyd, er ei fod o'n gwybod nad oedd o i fod i holi gormod.

Do'n i ddim yn gwybod yr ateb i'r cwestiwn olaf ond…

"Ydi, siŵr," atebais yn gelwyddog. "Sori, Wil, alla i ddim siarad. Angen meddwl."

Estynnais fy nhabled ysbïo. Roedd hwn yn llawn nodiadau ar bob tasg ro'n i wedi bod yn rhan ohoni. Wrth gwrs roedd y cyfan mewn cod ac roedd hi'n amhosib i chi gael mynediad i'r tabled heb gracio cyfres o gyfrineiriau. Doedd y tabled ddim yn rhan o unrhyw rwydwaith arall – roedd o fel llyfr nodiadau hen ffasiwn yn hynny o beth. Petai hwn yn cael ei ddinistro, byddai'r nodiadau i gyd wedi diflannu hefyd. Dim ond cogio sgwennu nodiadau 'nes i – y gwir amdani oedd nad o'n i'n gwybod beth i sgwennu. Ro'n i wedi drysu, ac ar Lleucu roedd y bai am bopeth. Do'n i ddim wedi medru canolbwyntio ar ddim. Roedd yn gas gen i ein bod ni wedi ffraeo, ac ro'n i'n flin efo hi am ei bod hi'n flin efo fi. Ro'n i'n flin am fy mod i'n teimlo y baswn i wedi gallu bod yn well yn y rownd gynta 'na. Dylwn i fod wedi bod yn well os o'n i am ennill yr holl beth.

Yna, heb i mi sylwi, roedd Wil wedi stopio'r car ar ochr y ffordd. Ond doedden ni ddim wedi mynd yn bell iawn.

"Wil? Be sy'n digwydd?"

"Meddwl y bydde hi'n syniad da i ti a Lleucu gael sgwrs fach… a trît ar yr un pryd!" Nodiodd ei ben tuag at gaffi bychan.

Caffi? Do'n i ddim yn cofio'r tro dwytha i mi fod mewn caffi. Doedden ni ddim fel arfer yn cael cyfle i wneud pethau arferol, cyffredin, fel hyn. Cerddais i mewn i'r caffi bach. Roedd y lle'n llawn dodrefn amrywiol, fel petaen nhw wedi bod yn eiddo i rywun arall cyn cyrraedd fan hyn. Roedd tebotiau copr yn hongian o'r to fel petaen nhw'n hanner tywallt a'u gwaelodion nhw wedi eu llifio i ffwrdd er mwyn gosod bwlb yn eu boliau. Roedden nhw'n rhyfedd ond yn hardd. Ym mhen pella'r caffi roedd Lleucu yn bwyta powlennaid o hufen iâ. Es yn syth tuag ati.

"Lleucu, dwi mor sori… Dwi'n casáu peidio bod yn ffrindia. Plis gawn ni siarad a sortio petha?"

Gwenodd arna i, cystal â dweud, "wrth gwrs y cawn ni".

Ac am y tro cyntaf erioed eisteddodd Lleucu a fi mewn caffi yn bwyta hufen iâ ac yn sgwrsio. Roedd y ddwy ohonon ni ar dân eisiau gwybod sut yn y byd yr oedd y llall wedi llwyddo i gymryd rhan yn y gystadleuaeth.

Roedd Lleucu wedi llwyddo i ddatrys y pos anodd oedd yn ei chylchgrawn rai dyddiau'n ôl. Gan ei fod o wedi bod yn tipyn o her iddi penderfynodd anfon ei hateb i'r cyfeiriad oedd yn y cylchgrawn. Yna, cafodd e-bost yn ei gwahodd i wneud Prawf Craff ar y we. Roedd deg llun yn ymddangos, un ar y tro, am tua 40 eiliad, yna'n diflannu. Roedd hithau wedyn yn gorfod rhestru pob manylyn yr oedd hi'n ei gofio am y llun cyn symud ymlaen i'r llun nesaf.

"Roedd o'n reit hawdd, i fod yn onast. Tipyn haws na'r pos yn y cylchgrawn, a'r rownd gynta 'na."

"Rho engrhaifft i fi," mynnais. Roedd hyn i gyd yn gliwiau a allai ddatgelu beth roedd Her Ll yn chwilio amdano.

"Wel, er enghraifft, dy fod yn cael llun o'r caffi yma rŵan. Ro'n i'n rhestru wedyn pethau fel…"

Rhestrodd Lleucu yr holl fanylion oedd o'n cwmpas

ni, pethau nad oedd rhywun yn sylwi arnyn nhw yn syth. Pethau fel hen sticer bychan 'Allanfa Dân' oedd bron â diflannu oddi ar y drws yn y cefn oedd yn arwain i'r toiledau. Y ddwy gadair oedd wedi cael coesau newydd rhyw dro, roedd mymryn bach o wahaniaeth yn y lliw. Sylwodd ar y ffaith fod rhyfaint bach o de wedi'i golli ar y llawr wrth y drws – mae'n debyg fod rhywun wedi bod ar frys gyda'i ddiod-i-fynd. Sylwodd nad oedd un o'r oergelloedd yn gweithio ond roedd bwyd yn dal i fod ynddi. Sylwodd fod y gweithiwr yn cadw'r cyllyll yn rhyfeddol o daclus a threfnus o'i gymharu â gweddill yr ardal y tu ôl i'r cownter oedd yn gyffredinol anhrefnus, a sylwodd ei fod hefyd yn cael trafferth symud yn gyflym. Tybiodd fod ganddo ben-glin ddrwg.

Do'n i ddim yn synnu at ba mor sylwgar oedd hi. Roedd hyn yn rhan o'n hyfforddiant. Roedd yn rhaid i ysbïwyr fod yn graff, sylwi ar bethau, ar wendidau ac ar bethau a allai fod o fantais i ni. Roedd yn swnio'n union fel petai trefnwyr y gystadleuaeth yn chwilio am ysbïwyr newydd.

Fy nhro i oedd egluro wedyn. Eglurais y cyfan yr oedd Mrs Pi wedi'i ddweud wrtha i wrth osod y Dasg Gudd, er nad oeddwn i fod i wneud hynny.

"Felly, dim byd i'w wneud â'r lladrad yn yr Amgueddfa Genedlaethol?"

"Na," meddwn i, "dwi ddim yn meddwl, beth bynnag. Ond mae Mrs Pi yn ymchwilio i'r lladrad achos 'nes i weld rhywbeth ar ei desg hi."

Rhoddais lwyaid fawr o hufen iâ mefus yn fy ngheg... llwyaid rhy fawr nes i fy ymennydd losgi'n oer!

"Aaaa... *brain freeze!*" meddwn i ac roedd Lleucu'n rhowlio chwerthin am fy mhen.

Wedi i mi ddod ataf fy hun aethon ni'n dwy trwy bopeth gyda'n gilydd a dod i'r casgliad:

1. Mrs Pi yn meddwl mai Asiantaeth Gudd arall sy'n recriwtio. Ar hyn o bryd, tebygol fod hyn yn wir.
2. Her Ll – dim llawer o wybodaeth.
3. Mae'r 'wobr gudd' yn swnio'n amwys ac yn amheus iawn.
4. Elen yw'r unig berson o gig a gwaed rydan ni wedi gweld sy'n rhan o'r trefniadau.
5. Mae'n amlwg fod mwy yn gyfrifol am yr holl beth, mae popeth mor dechnegol a safonol, mae'n rhaid bod tîm yn gyfrifol am greu a gweithredu'r holl beth.
6. Pwy sy'n ariannu hyn i gyd?

"Wyt ti'n meddwl bod unrhyw beth amheus am y cystadleuwyr eu hunain?" holais ar ôl i ni greu'r rhestr.

"Oni bai amdanon ni'n dwy, ti'n feddwl?!" heriodd Lleucs.

"Beth am y boi Gwlithyn 'na?"

"Gwlithyn? Dwi'm yn meddwl. Ti jyst yn bigog ei fod o wedi ennill y rownd gynta yn hytrach na chdi."

"Nadw siŵr," meddwn i'n amddifynnol. "Ond meddylia am y peth go iawn. No wê ei fod o wedi dilyn y cliwiau fel wnaethon ni er mwyn dianc. Mae'n rhaid ei fod o wedi gwneud rhywbeth yn wahanol... ond be?"

"Hud a lledrith, dyna ddeudodd o!"

Rholiais fy llygaid arni. Oedd hi wir yn meddwl ei fod o wedi defnyddio hud?

"Wel, dwi'n gwybod am un ffordd i ddod i wybod y gwir. Rhaid i ti holi Wil. Welodd o'r cyfan!"

Wrth gwrs, ro'n i'n teimlo'n dwp iawn ar ôl i Lleucu ddweud hynna. Roedd angen siarad efo Wil am bopeth roedd o wedi'i weld. Mae'n ddigon posib ei fod o wedi cyfarfod aelod arall o'r "trefnwyr" hefyd.

Wrth i ni dalu am ein hufen iâ holodd Lleucu oeddwn i wir yn credu pob dim roedd Mrs Pi wedi'i ddweud wrtha i.

"Mae'n rhaid i ti ddweud rŵan, Alys, cyn i ni adael y caffi 'ma a mynd yn ôl i'r byd mawr tu allan. Wyt ti'n trystio Mrs Pi?"

'Nes i gyfaddef fod y Dasg Gudd yma'n teimlo'n rhyfedd, a 'mod i'n meddwl 'mod i'n ymchwilio i rywbeth mwy nag 'Asiantaeth Gudd yn recriwtio'. Ro'n i'n teimlo bod Mrs Pi yn cuddio'r gwir oddi wrtha i ond ro'n i'n dal yn ei thrystio hi.

Aeth Lleucu i ddal y bws yn ôl i'r tŷ. Doedd o ddim yn syniad da iawn i ni rannu lifft yn ôl, rhag ofn i rywun ein gweld ni.

Ar y ffordd yn ôl, holais Wil yn dwll am ei holl brofiad. Doedd o ddim wedi gweld neb ond yr Elen 'na ac un hogyn tawel oedd yn dod â phaneidiau a brechdanau iddyn nhw. Roedd gan y rhan fwyaf o'r cystadleuwyr o leiaf un rhiant yno, oni bai am Lleucu (oedd wedi dweud nad oedd ei mam yn gallu bod yno), a Gwlithyn, oedd wedi dod â'i ewyrth efo fo. "Fel ti, yndyfe… Wncwl Wil!" Chwarddodd arno'i hun. Roedd Wil yn greadur siaradus a hoffus felly ro'n i'n gallu coelio ei fod o wedi sgwrsio a mwydro efo pawb i gael gwybod yn iawn pwy oedd pwy. Roedd o hefyd yn meddwl ei fod o'i hun yn rhyw fath o ysbïwr ac roedd wedi gwneud ymdrech i gofio pob dim.

"Ond sut wnaeth Gwlithyn ddianc mor gyflym o'r ystafell 'na?"

Roedd gan Wil wên lydan ar ei wyneb.

"Fe o'dd yr unig un wnaeth droi i edrych yn

fanwl ar y drws ar ôl iddyn nhw ei gloi. Roedd pecyn bychan o dŵls agor cloeon yn hongian uwchben! Ro'dd y peth yn jiniys! Ro'n i a'r gweddill yn cadw gweiddi ar y sgriniau wrth eich gweld chi i gyd yn potsian 'da'r cliwiau i gyd. Roedd e'n amlwg wedi arfer gallu agor cloeon fel hyn! 'Nes i holi ei wncwl e, a wedodd e fod Gwlithyn yn gwneud sioeau hud a lledrith, a'i arbenigedd yw triciau dianc!! O'n i'n wherthin!"

Chwerthin?? meddyliais yn gandryll. Roedd o wedi twyllo i bob pwrpas. Mi faswn i wedi gallu gwneud hynny'n hawdd, mae gen i bìn agor cloeon yn fy Oriawr Tuhwntoglyfar taswn i ond wedi meddwl! Ro'n i'n berwi.

"Y dasg o'dd dianc mor gyflym â phosib – heb wneud cyment o ddifrod â'r Teleri Eleri 'na, yn amlwg! Ond i fod yn deg, o't ti a'r Steffan 'na wedi llwyddo i ddatrys y cliwiau yn rhyfeddol o gyflym, ti'n gwbod. O'dd pawb yn *impressed*."

Felly, roedd 'na declynnau agor clo yn hongian uwchben y drws. Allwn i ddim credu'r peth! Ond o leiaf ro'n i'n dal yn y ras ac o hyn ymlaen roedd yn rhaid i mi fod yn fwy cyfrwys.

Eisteddais yn ôl yn y car a gadael i fy meddwl droelli am weddill y daith. Elen oedd yn mynd rownd a rownd yn fy mhen. Roedd hi'n garedig ei ffordd

– do'n i ddim yn synhwyro twyll ynddi – ond eto, hi oedd y cliw mwyaf am wn i. Hi oedd yr unig un oedd yn gwybod yn iawn beth oedd yn mynd ymlaen. Mi faswn i wedi gallu gofyn yn blwmp ac yn blaen iddi pwy yn union oedd Her Ll a beth yn union oedd y wobr. Mae'n iawn cwestiynu, mae'n bwysig cwestiynu, does dim rhaid i ti fod yn ysbïwr i wneud hynny. Ond 'nes i ddim, am fod arna i ofn i rywun amau a meddwl 'mod i'n holi gormod. Ro'n i wedi siomi fy hun.

Cyrhaeddais adra i dŷ gwag – doedd Lleucu ddim wedi cyrraedd 'nôl eto. Roedd teithio ar fws yn cymryd oriau gan ein bod ni'n byw yng nghanol nunlle. Roedd Wil wedi dweud ei fod am fynd i'w chyfarfod i'r dre er mwyn dod â hi'n ôl i ddrws y tŷ. Yn sydyn, canodd fy oriawr ac ymddangosodd wyneb Mam ar y sgrin.

"Mam!" Ro'n i mor falch o'i gweld hi.

"Mrs Pi wedi dweud wrtha i dy fod ar dasg arbennig, yn archwilio i asiantaeth arall, ia?"

"Wel, ia, am wn i," atebais hi'n betrusgar.

"Ti'n iawn?" Roedd hi'n gwybod yn syth os oedd rhywbeth yn fy mhoeni.

"Dwi ddim yn teimlo 'mod i'n gwybod be dwi'n neud, ddim yn siŵr iawn beth yn union ydi'r dasg. Mae o i gyd yn teimlo'n od."

"Wel, o fy mhrofiad i mae'n rhaid i ti fynd efo'r hyn rwyt ti'n ei deimlo ym mêr dy esgyrn. Gwna dy adroddiad heno i Mrs Pi a cadwa fo'n syml, dim ond ffeithiau."

Roedd Mam yn gwybod yn union sut i roi cyngor. Roedd gen i hiraeth amdani. Do'n i ddim wedi ei gweld hi'n iawn ers bron i dri mis.

"Ti'n iawn, Mam?" holais cyn iddi fynd.

"Ydw, dwi'n iawn a dwi'n ddiogel. Wela i di'n fuan. Gaddo."

Anfonais adroddiad syml i Mrs Pi fel roedd Mam wedi dweud. Ar ôl i Lleucu gyrraedd adra gwisgodd y ddwy ohonon ni ein pyjamas a neidio ar y soffa i wylio ffilm, gyda phaced enfawr o greision yr un.

"Well i ni wylio penawdau'r newyddion un waith cyn dechra'r ffilm," meddwn i'n gydwybodol.

Tydi gwylio'r newyddion ddim yn beth braf gan fod 'na gymaint o bethau erchyll yn digwydd, ac er bod yna fwy o bethau da a hapus yn digwydd yn y byd 'ma go iawn, tydyn nhw byth yn cyrraedd y newyddion. Daeth sôn am y lladrad yn yr Amgueddfa.

"Mae'r awdurdodau'n dal i ymbilio ar unrhyw un all roi gwybodaeth ynglŷn â'r lladrad i gysylltu. Maen nhw wedi rhyddhau llun oddi ar gamera cylch cyfyng ar y stryd agosaf at yr Amgueddfa. Maen nhw'n credu'n gryf mai un o'r lladron yw'r person yn y llun."

"*PAUSE!*" gwaeddais ar Lleucu i bwyso'r botwm i rewi'r llun. "Sbia!"

Aeth y ddwy ohonon ni'n agos at y sgrin. Doedd o ddim yn llun clir iawn ond roedd golau'r stryd yn disgleirio ar rywbeth.

"Mae'r lleidr yna'n gwisgo clustlysau!"

Edrychodd y ddwy ohonon ni ar ein gilydd. Oedd hyn yn rhywbeth o bwys? Allai hyn fod yn gliw, tybed? Pa fath o leidr sy'n gwisgo clustlysau i ladrata?

"Ddylan ni ffonio'r heddlu?" holodd Lleucu.

"A dweud be? Bod y lleidr yn gwisgo rhywbeth disglair ar ei glust?"

"Neu ei chlust?"

"Eu hatab nhw fasa *so what*!! Tydi'r wybodaeth yna'n helpu dim."

Aeth y ddwy ohonon ni'n dawel.

"Mae Elen yn gwisgo clustlysau sy'n disgleirio," meddai Lleucu ymhen hir a hwyr.

Ro'n i wedi meddwl yr union beth, ond roedd yn gysylltiad tenau fel gwe pry cop i'w wneud rhwng y ddau beth. Pam dechrau mynd ar ôl sgwarnog hurt fel yna?

"Ynghyd â channoedd o bobol eraill, Lleucu."

"Jyst deud! Os oes gen ti rhyw amheuaeth yn pigo am y Dasg Gudd 'ma…"

Rhoddodd Lleucu'r ffilm ymlaen heb ddweud dim arall. Roedd hi'n iawn. Roedd rhywbeth yn fy mhigo ond wyddwn i ddim beth.

Aeth tridiau heibio eto cyn i ni glywed gan Her Ll. Derbyniodd Lleucu e-bost a ges i neges gan Wil. Ei fanylion cysylltu o oedd ganddyn nhw. Doedd fiw i mi roi unrhyw wybodaeth heblaw fy enw – gan mai ffug ydi hwnnw mewn gwirionedd.

Y wybodaeth annisgwyl oedd fod Rownd 2 yn mynd i fod yn digwydd mewn caffi, yr union gaffi roedden ni'n dwy wedi bod ynddo dridiau ynghynt. Roedd hynny'n gwneud i mi boeni. Os oedd gan Her Ll gysylltiad efo'r caffi, gallai hynny olygu eu bod nhw wedi clywed pob gair rhyngdda i a Lleucs. Roedd pethau'n poethi.

6
ROWND 2

Roedd yr wyth ohonon ni'n sefyll y tu allan i'r caffi yn disgwyl iddo agor. Roedd 'na arwydd 'Ar Gau' yn gam ar y drws.

"Oes 'na rywun wedi trio agor y drws?" holais.

"Do, siŵr," atebodd Jena. "'Dan ni ddim yn wirion, sti. Mae o 'di'i gloi, tydi?"

Roedden ni'n griw go od. Roedd pawb yn teimlo'n lletchwith, neb wedi dechrau gwneud ffrindiau. Roedd ambell un yn gwneud ymdrech, chwarae teg, fel Caradog. Roedd o wedi dechrau siarad rhywfaint efo Steffan.

"'Yt ti wedi neud rhywbeth fel 'yn o'r blân?" holodd a'i ddwylo'n ei bocedi.

Ro'n i'n tybio mai mab fferm oedd Caradog, roedd 'na wawr werdd ar ei jîns, o bosib staen baw gwartheg. Roedd o hefyd yn gwisgo crys rygbi o fath ond nid arfbais clwb rygbi oedd arno ond Clwb Ffermwyr Ifanc – er na allwn i weld yr ysgrifen yn glir.

"Ym, na, wel… dwi wedi cystadlu mewn tipyn o gwisys cenedlaethol, ond dim byd tebyg i hyn," atebodd Steffan yn gwrtais.

"Ie, mae'n gystadleuaeth fach od, yn dyw hi? Sai'n twmlo eu bod nhw'n gweud popeth wrthon ni. O's rhywun arall yn meddwl fod yr holl beth yn amheus?" Edrychodd Caradog ar y gweddill ohonon ni.

Rhoddais fy mhen i lawr – do'n i ddim am ddal ei lygaid.

"Tybed, efallai, mai cynllun recriwtio unigolion ar gyfer gwasanaethau cudd yw e?" Tomi bengoch atebodd. Do'n i methu credu'r peth, ac es yn chwys oer drostaf. "O's rhywun moyn creision? Mae gyda fi becyn caws a winwns sbâr," cynigiodd yn hamddenol.

"Gwasanaethau cudd? Am be ti'n fwydro?!" Roedd Jena Wyn wedi cael llond bol. Triodd y drws eto, am ei bod wedi diflasu aros.

Roedd Gwlithyn yn dawel, roedd o'n gwrando ac yn gwenu wrtho'i hun. Roedd o'n mwynhau gwrando ar y lleill yn malu awyr ac yn gwenu, gan wybod ei fod o ar y blaen ac yn debygol iawn o lwyddo yn y rownd nesaf hefyd – beth bynnag oedd yr her yn mynd i fod.

Cadw'n dawel oedd y dacteg orau, mae'n debyg, a dyna wnes i a Lleucu. Dyna wnaeth y ferch arall hefyd, 'nes i ddim hyd yn oed sylwi arni'n iawn. Rwa Kim oedd ei henw. Roedd hi fel petai hi mewn byd arall, yn myfyrio.

Ymhen hir a hwyr, agorwyd drws y caffi o'r tu mewn gan Elen.

"Gystadleuwyr, croeso i'r Caffi. Falle bod rhai ohonoch wedi bod yma o'r blaen."

Aeth ias i lawr fy nghefn, ac ro'n i'n siŵr ei bod hi wedi edrych arna i a Lleucu wrth ddweud hynny. Roedd y lle wedi newid rhywfaint ers i ni fod yno. Roedd y manylion bychain roedd Lleucu wedi sylwi arnyn nhw yn dal yno, gan gynnwys y gweithiwr herciog. Ond roedd y dodrefn wedi newid. Roedd y byrddau wedi cael eu gosod fel un bwrdd mawr yng nghanol y caffi gyda lle i wyth eistedd o'i gwmpas.

Daeth bachgen gweddol ifanc i mewn, yn cario hambwrdd o ddiodydd.

"Llew ydi hwn, aelod arall o Her Ll. Cymerwch ddiod bach ac eisteddwch wrth y bwrdd. Dim ots lle."

"Haia," meddai Llew. "Lemonêd ffres. Mr Hopcyn fan hyn yw'r meistr am wneud lemonêd!"

Edrychodd pawb dros ysgwydd Llew ar Mr Hopcyn foliog yr ochr draw i'r cownter yn gwenu'n ddiamynedd arnon ni.

Roedd pawb wedi eistedd. Ro'n i wedi digwydd eistedd rhwng Rwa a Steffan wrth drio osgoi eistedd wrth ymyl Lleucu. Roedd hi'r ochr arall i Steffan, yna Caradog ac yna Gwlithyn yn fy wynebu a'i wên hurt. Yna Jena, Tomi a Rwa i'r dde ohona i. Ro'n i'n gweld y drws am allan y tu ôl i Gwlithyn. Doedd hi byth yn syniad da eistedd â dy gefn at y drws.

"Nawr, 'te. Herio eich gallu chi i adnabod pwy sy'n dweud celwydd a phwy sy'n dweud y gwir yw'r rownd yma, a herio'ch gallu chi i wneud penderfyniadau anodd."

Anesmwythais yn fy nghadair rywfaint. Edrychodd Lleucu arna i. Roedd hithau'n teimlo'r pwysau. Oedd rhywbeth arall yn mynd ymlaen? Oedd Elen yn gwybod 'mod i yno i ysbïo?

"Y dasg yw i ddarganfod y Llofrudd. Fi yw'r storïwr. Byddwch chi i gyd yn cael darn o bapur ac arno bydd llythyren. Os ydych chi'n cael y llythyren 'Ll', chi yw'r Llofrudd. Byddwch chi'n dewis un person i fod allan o'r gêm. Os ydych chi'n cael y llythyren 'D', chi yw'r Doctor. Gall y Doctor achub rhywun rhag cael ei anfon o'r gêm gan y Llofrudd. Os ydych chi'n cael y llythyren 'Y', chi yw'r Ysbïwr."

Teimlais rywbeth yn disgyn fel sach i waelod fy stumog pan ddywedodd hi hynna.

"Mae'r Ysbïwr yn cael un cyfle i gyhuddo rhywun – yn gudd – o fod yn Llofrudd a bydd yn rhaid i mi ateb yn onest. Bydd y gweddill yn cael llythyren 'P' ar eu papur, Pentrefwyr. Fydd neb yn gwybod pwy yw'r Llofrudd, y Doctor na'r Ysbïwr. Y dasg fydd trafod gyda'ch gilydd i geisio datgelu pwy yw'r Llofrudd. Wrth drafod, bydd gan bawb yr hawl i ddweud y gwir a'r hawl i ddweud celwydd. Byddwch chi'n pleidleisio dros bwy rydych chi'n meddwl yw'r Llofrudd."

"Ond sut mae ennill?" holodd Gwlithyn, roedd ei feddwl ar fod yn bencampwr yn barod.

"Does neb yn ennill y tro hyn, ond bydd rhywun yn gadael. Os ydach chi'n dewis y Llofrudd cywir, bydd y Llofrudd allan o'r gystadleuaeth. Os bydd y Llofrudd yn llwyddo i'ch twyllo a bod y mwyafrif yn pleidleisio dros rywun arall, bydd y 'rhywun arall' yna allan o'r gystadleuaeth."

Aeth murmur nerfus trwyddon ni i gyd.

"Yn anffodus, mae un peth bach arall. Pwy bynnag bydd y Llofrudd yn ei ddewis i fod allan o'r gêm ar y dechrau, os na fydd y Doctor yn ei hachub neu ei achub, bydd yr unigolyn yna allan o'r gystadleuaeth hefyd."

"Beth?"

"Dwi ddim yn teimlo bod hynna'n deg iawn."

"Mae hynny'n rhy anodd... dewis rhywun fel'na."

Roedd ymateb pawb yn negyddol iawn i'r rheol yma, ac ro'n innau'n meddwl ei bod braidd yn annheg hefyd ond 'nes i gadw'n dawel. Ro'n i'n dechrau teimlo pwysau. Gallwn fod allan o'r gystadleuaeth yma'n hawdd, dim ond trwy anlwc os rhywbeth. Roedd yn rhaid i mi ddechrau meddwl yn glir ac yn gyfrwys.

"Mae'n rhaid gallu gwneud penderfyniadau anodd yn y gystadleuaeth yma. Mi gewch chi ychydig funudau rŵan i roi trefn ar eich meddyliau cyn y byddwn ni'n dosbarthu'r papurau."

Roedd hyn am fod yn anodd. Caeais fy llygaid yn dynn a gobeithio mai 'P' fyddai ar fy mhapur. Dyna, mae'n debyg, oedd y papur mwyaf diogel. Yna, dechreuais geisio datrys beth oedd y peth gorau i'w wneud ym mhob sefyllfa. Pe bawn i'n cael 'Ll' ar fy mhapur, cael gwared o'r ffefryn i ennill fyddai'r ffordd orau i fynd ymlaen… felly ta-ta, Gwlithyn! Edrychais arno, roedd ei wên wedi diflannu, roedd o'n amlwg ei fod wedi deall y byddai'n darged i bawb gan ei fod o wedi gwneud cystal yn y rownd gyntaf. Pe bawn i'n cael 'D', achub rhywun, meddyliais y byddai'n rhaid i mi achub Lleucu. Beth am 'Y' felly? Pe bawn i'n cael 'Y', meddyliais, byddai'n rhaid i mi ystyried o ddifri fod Elen a Her Ll yn gwybod y gwir amdana i ac mai ffordd o adael i mi wybod hynny fyddai fy rhoi i'n Ysbïwraig. Ond byddai'n rhaid i'r gêm barhau, a chyhuddo Gwlithyn fyddai'r ffordd orau yn y sefyllfa honno hefyd. Neu efallai ddim?

Roedd fy mhen yn troi, roedd pob sefyllfa'n un smonach. Yn sydyn, doedd dim amser ar ôl. Edrychais ar Lleucu, cododd hi ei hysgwyddau cystal â dweud, "Does gen i ddim syniad beth i wneud!" Dosbarthodd Llew ac Elen y papurau bach. Cydiodd pawb yn eu papur a'i wasgu'n dynn.

"Iawn," meddai Elen yn awdurdodol. "Peidiwch â gadael i neb weld eich papur. Unwaith y byddwch chi wedi edrych arno, gwasgwch o'n ôl a'i roi i Llew. Yna, rhowch eich pen yn eich dwylo a pheidiwch ac edrych i fyny nes y bydda i'n galw. Mi fyddwn ni'n gwybod os bydd 'na dwyllo ac mi fyddwch chi allan yn syth."

Roedd fy nwylo'n chwysu ac ro'n i'n cael trafferth agor y papur. Ro'n i'n disgwyl gweld 'Y'. Llwyddais o'r diwedd i fodio fy ffordd at y llythyren. Nid 'Y' ond 'D'. Fi oedd y Doctor, ro'n i am fedru achub rhywun. Lleucu, meddyliais, yr ateb hawdd.

"Pennau i lawr, bawb."

Roedd y gêm wedi dechrau. Gallwn weld ager fy anadl ar y bwrdd. Ro'n i'n anadlu'n drwm. Caeais fy llygaid a gwrando'n astud ar y cyfarwyddiadau.

"Llofrudd – cwyd dy ben a phwyntia at y person rwyt ti am gael gwared arno neu arni."

Roedd y lle'n gwbwl dawel. Chlywais i'r un smic, dim arlliw o gliw fod unrhyw un oedd yn agos ata i wedi symud. Oedd hi'n saff i mi feddwl felly nad Rwa na Steffan oedd y Llofrudd?

"Llofrudd, pen i lawr. Doctor…"

Fy nhro i.

"… cwyd dy ben a phwyntia at y person rwyt ti am ei hachub neu ei achub."

Ceisiais beidio anadlu, na chodi fy mhen yn rhy uchel. Dim ond codi fy ngolygon tuag at Elen iddi weld mai fi oedd y Doctor.

"Pwyntia at y person rwyt ti eisiau ei achub."

Ro'n i ar fin pwyntio at Lleucu, yna rhewais, beth amdana i? Roedd yn rhaid i mi wneud yn siŵr 'mod i'n cyrraedd diwedd y gystadleuaeth yma, ond beth os oedd y Llofrudd wedi fy newis i i fod allan o'r gêm? Llyncais fy mhoer. Syllais ar Lleucu.

"Doctor – pwyntia at y person rwyt ti am ei achub," meddai Elen gan fy annog i wneud.

Yn araf, pwyntiais ataf i fy hun. Gwenodd Elen arna i. Roedd y dacteg yma'n annisgwyl, mae'n amlwg.

"Doctor – pen i lawr."

Llithrais fy nhalcen yn ôl i fy nwylo mor ofalus a thawel â phosib.

"Ysbïwr – cwyd dy ben a phwyntia at y person rwyt ti am ei chyhuddo neu ei gyhuddo a bydda i'n ateb ie neu na drwy nodio neu ysgwyd fy mhen."

Roedd y lle yn llethol dawel eto. Roedd fy llygaid

ar agor, rhag ofn y byddwn yn gweld unrhyw beth bychan fyddai'n rhoi cliw i mi... ac fe wnes i. Rwa, roedd hi wedi codi ei phen, ro'n i'n siŵr. Ro'n i wedi sylwi ar ager fy anadl fy hun ar y bwrdd, ond roedd rhywfaint bach o anadl Rwa i'w weld hefyd, nes i Elen ofyn wrth yr Ysbïwr godi ei phen. Oedd Rwa wedi codi ei phen ac felly ddim yn anadlu ar y bwrdd ar y pwynt yma? Ro'n i'n densiwn i gyd.

"Ysbïwr – rho dy ben i lawr."

Gwelais mymryn o symudiad ar y bwrdd eto, ei hanadl. Iawn, meddyliais, gallaf fod gam ar y blaen wrth drafod rŵan. Os oedd hi wedi cyhuddo'r Llofrudd, roedd Elen wedi ateb yn wir wrthi ac roedd Rwa'n gwybod. Os na, wel o leiaf y gallai hi ddweud yn bendant pwy oedd ddim.

Cyn i Elen alw ar bob un ohonon ni i godi'n pennau, roedd yn rhaid imi feddwl am Gwlithyn. Roedd pawb yn amlwg yn teimlo mai fo oedd y ffefryn i ennill ac felly roedd hi'n weddol glir y byddai pawb yn ei ddewis o fel rhywun i adael y gêm. Felly, yn fy meddwl i, os nad oedd o am fod allan roedd yn debygol iawn mai fo oedd y Llofrudd. Dyna sut ro'n i'n gweld pethau ar yr eiliad honno cyn codi 'mhen. Roedd gen i gynllun gweddol, ac ro'n i'n teimlo'n hyderus.

"Pawb – codwch eich pennau."

Cododd pawb eu pennau yn araf. Edrychais ar Lleucu, ac edrychodd hithau arna i. Wnaethon ni ddim ystumiau, ond roedd rhywbeth yn ein llygaid, roedden ni'n dwy'n gallu dweud yn syth nad ni oedd wedi cael yr 'Ll'.

"Mae'r Llofrudd wedi dewis, ac yn anffodus wnaeth y Doctor ddim achub y person yma. Felly…"

Roedd pawb yn dal eu gwynt.

"… Tomi. Ti allan."

"Beth? O. Diar. Wel, diolch."

Roedd fy nghalon i'n gwaedu drosto, roedd rhywbeth mor chwithig ac annwyl amdano a rŵan, roedd o allan. Edrychodd pawb yn euog ar ei gilydd.

Cododd Tomi a dilyn Llew i ben draw'r caffi. Roedd o'n cael cacen am ei gam – er nad oedd hynny'n codi ei galon.

"Iawn," meddai Elen wedyn, "mae gynnoch chi bum munud i drafod cyn penderfynu dros bwy rydach chi'n mynd i bleidleisio. Cofiwch, mae'n debygol y bydd pwy bynnag rydych chi'n ei ddewis yn gadael y gystadleuaeth. Mae'ch pum munud chi'n dechra rŵan."

Cyn i neb ddweud dim agorodd Gwlithyn ei geg.

"Nid fi yw'r Llofrudd."

"Mi fasa'r Llofrudd yn dweud hynna," ymatebodd Lleucu'n gyflym.

"Wel, nid fi ydi hi chwaith… Pentrefwr ges i. *Boring*," meddai Jena. Oedd hi'n dweud y gwir neu'n ceisio'n twyllo ni?

"Wel, Gwlithyn ydi'r ateb amlwg yma," meddai Steffan. "Sori, Gwlithyn, ond chdi faswn i wedi cael ei wared… chdi ydi'r ffefryn i ennill. Ond ti'n dal 'ma, sy'n gwneud i mi feddwl mai chdi ydi'r Llofrudd."

"Wel nid fi yw e, jiniys!" arthiodd Gwlithyn arno.

Roedd Jena yn gwenu fel giât, roedd hi'n amlwg yn meddwl bod Steffan yn glyfar.

"Pwy 'di'r Ysbïwr 'ta?" holodd Jena.

Edrychodd pawb o'u cwmpas. Edrychais innau ar Rwa drwy gil fy llygad. Wnaeth hi ddim ymateb.

"Dwi'n meddwl ei fod o'n syniad da i'r Ysbïwr rannu beth mae o neu hi'n ei wybod ond…" dechreuodd Steffan.

"Ond sdim rhaid iddo fe neu hi weud dim byd, o's e? Achos sdim sicrwydd ein bod ni'n mynd i gredu fe neu hi," torrodd Caradog ar ei draws.

Oedd Caradog yn ceisio'n stopio ni rhag datgelu'r Ysbïwr? Pam tybed?

Daliais lygaid Lleucu, rhoddais gipedrychiad i gyfeiriad Rwa er mwyn datgelu wrth Lleucu 'mod i'n meddwl mai Rwa oedd yr Ysbïwr. Roedd yn saffach i Lleucu o ben arall y bwrdd ei chroesholi na fi.

"Rwa," mentrodd. "Sgen ti rhywbeth i'w ddweud?"

Trodd pawb i edrych arni.

"Ysbïwr," meddai, gyda'i llais bychan fel tylwyth teg yn sibrwd.

"Be ddeudodd hi?" gwaeddodd Jena.

"Dweud mai hi yw'r Ysbïwr... os wyt ti'n ei chredu hi," meddai Gwlithyn gan deimlo bod pawb wedi troi'n ei erbyn yn barod.

"Wel, Rwa, pwy wnest ti gyhuddo?"

Clustfeiniodd pawb.

"Gwlithyn," llithrodd ei enw dros ei gwefusau.

Sythodd Gwlithyn. "A beth oedd yr ateb?"

"Nid fe," atebodd.

"Wedes i, yn do fe? Mae'n amlwg fod pwy bynnag gafodd wared ar Tomi yn trial twyllo chi i gyd, peidio gwneud y peth amlwg."

"Ond so ni'n gwybod i sicrwydd fod Rwa'n gweud y gwir, falle taw hi yw'r Llofrudd," meddai Caradog yn syth.

Roedd Caradog yn dechrau swnio'n amheus, ac yn ddryslyd. Arwydd o rywun yn dweud celwydd efallai?

"Dwi'm yn dallt. Ma hyn yn rhy gymhleth i fi." Roedd Jena'n chwilio am ffordd i roi'r ffidil yn y to, tybiais.

"Beth am hon 'te?" Nodiodd Gwlithyn tuag ata i.

"Fi?"

"Ie, ti'n dawel bach fan'na. Gweud dim."

"Mae hynna'n bwynt. Beth oedd y llythyren ar dy bapur di?" holodd Caradog.

Doedd hi ddim yn anodd meddwl am ateb. Os oedd modd gwneud heb roi unrhyw un mewn perygl, roedd hi wastad yn well i Ysbïwr ddweud y gwir na cheisio ymdopi â chelwyddau – dyna fyddai Mrs Pi yn ei ddweud bob tro.

"D," meddwn yn hyderus. "Fi oedd y Doctor."

"Pwy 'nest ti achub?" holodd Caradog.

"Wel, dim Tomi druan," meddai Jena dan ei gwynt.

"Does dim rhaid i fi ateb hynna," meddwn i, yr un mor hyderus.

Roedd Elen wedi bod yn cerdded o'n cwmpas, yn gwrando arnon ni'n trafod. Roedd hi'n mwynhau. Yn sydyn, edrychodd ar y ffôn roedd hi'n ei ddefnyddio i amseru.

"Does gynnoch chi ddim llawer o amser nes y bydd hi'n amser pleidleisio."

"Hi ei hun wnaeth Alys achub," meddai Lleucu. "Dyna fasa unrhyw un call wedi'i wneud." Gwenodd arna i. Roedd ei meddwl ysbïwraig hi'n chwim.

"'Nes i ddim meddwl am hynny," meddai Caradog.

"Pwy yw'r Llofrudd 'te? Dewch mlân. Bydde'n well pleidleisio gyda rhyw fath o syniad beth mae pawb arall am wneud." Roedd Gwlithyn ar bigau. Roedd o'n iawn, roedd hi'n bryd rhoi meddyliau mewn trefn.

Rwa – Ysbïwraig.

Jena – Annhebygol.

Gwlithyn – Na.

Lleucu – Na.

Caradog – Posib.

Steffan – Posib.

Yn fy meddwl i, Caradog neu Steffan oedd y dewis. Roedd fy mhen yn dweud Caradog, ond eto doedd dim gwadu bod Steffan yn glyfar, a chyn y rownd yma ro'n i'n arfer meddwl ei fod yn fachgen go bryderus. Ond roedd rhywbeth cadarn a hyderus amdano erbyn hyn – ymddygiad amheus?

"Caradog, ti sydd fwyaf amheus, faswn i'n ddweud," meddai Lleucu yn blwmp ac yn blaen. "Doeddach chdi ddim eisiau i'r ysbïwr ddatgelu ei hun, rhag ofn ei fod o neu hi'n gwybod y gwir amdana chdi, ella?"

"O dere mlân…"

"Mae hynna'n wir," meddai Jena.

"Beth am Jena? Mae hi'n esgus bod hi ddim yn deall dim."

"Mêt, 'swn i'n falch o fod yn Llofrudd, ond Gwlithyn 'swn i wedi ei ddewis yn bendant. Mae'n mynd ar fy nerfau i."

"Diolch, Jena…" wfftiodd Gwlithyn hi.

"Dwi'n meddwl mai Caradog ydi o hefyd," ateb cadarn gan Steffan. Rhy gadarn.

"Mae 'na un peth ar fy meddwl i," mentrais. "Pam Tomi? Pam fasa Caradog yn cael gwared ar Tomi?"

"Er mwyn gwneud i bawb feddwl mai *fi* yw'r Llofrudd!" Roedd gwên wirion Gwilthyn yn ôl ar ei wyneb erbyn hyn. Roedd hi'n debygol ei fod o'n saff bellach.

"'Nes i ddim cael gwared ar Tomi. Ni'n fêts, ges i greision caws a winwns 'da fe. Nid fi yw'r Llofrudd!"

Roedd Caradog yn dechrau panicio. Doedd dim ots beth oedd y gwir. Roedd y person â'r nifer fwyaf o bleidleisiau allan o'r gystadleuaeth ac roedd Caradog yn gwybod hynny.

"Amser ar ben!" Llais Elen.

Roedd hi'n bryd pleidleisio.

"Pan fydda i'n galw eich enw, rhowch chi'r enw rydach chi'n meddwl yw'r Llofrudd. Caradog…"

"Pam fi sy'n gorfod gweud gynta?"

"Dim rheswm penodol. Ond does gen ti ddim dewis chwaith. Caradog?"

"Sai'n gwybod, nid fi." Roedd o'n flin, doedd ganddo ddim syniad. "Lleucu," meddai heb edrych arni. Gwgodd Lleucs.

Aeth Elen yn ei blaen. "Jena?"

"Caradog."

"Gwlithyn?"

"Caradog."

"Lleucu?"

"Caradog."

"Steffan?"

"Caradog."

Roedd hi'n amlwg mai Caradog oedd yn gadael y gystadleuaeth. Roedd ei ben yn ei ddwylo, ond roedd yn dal rhaid i mi a Rwa bleidleisio.

"Alys?"

"Steffan," meddwn i. Edrychodd pawb yn syn arna i, gan gynnwys Steffan. Doedd Steffan yn amlwg ddim wedi bod ar feddwl neb arall.

"Rwa?"

"Steffan," sibrydodd hithau hefyd. Fy nhro i oedd edrych yn syn ar rywun.

"Wel," meddai Elen. "Caradog, ti fydd yn gadael y gystadleuaeth. Ond alla i ddatgelu eich bod chi wedi cael eich twyllo. Nid Caradog oedd y Llofrudd."

Roedd sioc ar wyneb pawb, heblaw am Caradog, oedd wedi codi bellach a mynd i eistedd gyda Tomi, wedi pwdu'n llwyr.

"Rwa ac Alys, wnaethoch chi ddyfalu'n gywir – Steffan."

Roedd Steffan wedi mynd yn ôl i edrych yn bryderus mwyaf sydyn. Roedd o'n fachgen clyfar iawn, ac wedi medru twyllo pawb... bron iawn.

"Mae'n ddrwg gen i. Doedd hynna ddim yn brofiad braf o gwbwl," meddai. Roedd o wir yn teimlo'n ddrwg

Ro'n i'n falch fod yr holl beth drosodd, beth bynnag oedd y canlyniad. Roedd hi'n rownd lawn tensiwn ac yn un anodd.

Aeth Steffan yn syth at Tomi a Caradog i ymddiheuro. Chwarae teg iddyn nhw, wedi iddyn nhw ddod dros y siom, roedden nhw'n dallt yn iawn fod yn rhaid i bawb wneud beth oedd raid er mwyn goroesi pob rownd. Dim ond cystadleuaeth oedd hi yn y pen draw. Wel, dyna roedden ni'n ei feddwl ar y pryd, beth bynnag.

7
Y ROWND NESAF

Yn ystod y dyddiau wedi Rownd 2 (cyn i ni gael ein galw'n ôl ar gyfer Rownd 3) roedd Lleucu a finnau wedi bod yn chwilio am y cylchgrawn lle roedd y pos gwreiddiol wedi ymddangos, gan feddwl y byddai'r cyfeiriad y gwnaeth hi anfon yr ateb iddo yn gliw gwerthfawr. Wrth gwrs, doedd Lleucu ddim yn cofio beth oedd y cyfeiriad felly roedd yn rhaid i ni chwilota trwy'r tŷ a'r bìn ailgylchu. Yn y diwedd, gan nad oedd unrhyw awgrym fod y cylchgrawn yn dal o fewn ein gafael, cofiodd Lleucu ei bod wedi ysgrifennu'r cyfeiriad ar ei bloc o bapur nodiadau bach.

"Grêt," meddwn i. "Ydi o gen ti?"

Doedd y papur efo'r cyfeiriad arno ddim ar y bloc ond pan rwbiodd Lleucu bensil yn ysgafn dros y papur oedd ar y brig, ymddangosodd siâp ei hysgrifen.

"A-ha! Y cyfeiriad!"

Roedden ni'n tybio fod y cyfeiriad yma yn rhyw fath o bencadlys Her Ll, a phan ymddangosodd yr un cyfeiriad ar yr e-bost yn ein gwahodd i Rownd 3, ro'n i'n gwybod ein bod ar ein ffordd i leoliad a allai ddatgelu llawer.

★ ★ ★ ★ ★

"Croeso i Rownd 3," meddai Elen wrth i'r chwech ohonon ni sefyll o'i chwmpas – fi, Lleucu, Steffan, Gwlithyn, Rwa a Jena.

Roedden ni mewn adeilad mawr ar stad ddiwydiannol ar gyrion y ddinas.

"Gobeithio eich bod chi'n barod. Ar ôl symlrwydd Rownd 2, mae hon am fod yn rownd gyffrous. Rydan ni wedi trawsnewid yr adeilad ar eich cyfer."

Roedd hi'n amlwg fod arian mawr yn dod o rywle i fedru fforddio'r holl garnifal, meddyliais.

"Gêm Guddio yw Rownd 3, cuddio rhag y Llwynogod."

Daeth pedwar person i mewn yn gwisgo dillad coch.

"Helô, shw' mae?" meddai'r pedwar yn gwrtais, a gwenu'n siriol. Llew oedd un ohonyn nhw, y bachgen gyda'r lemonêd yn Rownd 2.

"Dyma Elwyn, Mari, Richard a Llew – y pedwar Llwynog… neu Cadno i ambell un ohonoch chi. Mae ganddyn nhw faner yr un ac mi fyddan nhw'n cuddio'r baneri. Eich tasg chi yw i gadw'n gudd rhag i'r Llwynogod eich tagio, cael eich bachau ar faner a dod â hi'n ôl i'r ystafell yma. Bydd y ddau sydd heb faner yn gadael y gystadleuaeth. Bydd eich teuluoedd yn gwylio unwaith eto felly bydd camerâu o'ch cwmpas ym mhob man. Bydd gynnoch chi dri munud i fynd i guddio cyn y bydda i'n anfon y Llwynogod ar eich holau. Pob lwc!"

Daeth Lleucu a fi at ein gilydd i sibrwd yn gyflym.

"Os mai dyma'r pencadlys, mae gen i waith busnesu i'w wneud," meddwn wrthi wrth weld Jena Wyn yn anelu tuag aton ni.

"Wna i bopeth fedra i i helpu." Winciodd Lleucu arna i wrth deimlo Jena ar ei gwar.

"Cynllwynio i weithio fel tîm, ia? Iawn gen i, mae'n golygu bod y ddwy ohonoch chi'n saff o golli," meddai gan gerdded heibio i ni.

Roedd Rwa Kim yn edrych fel petai hi'n barod i fynd. Roedd hi wedi tynnu ei hesgidiau ac yn sefyll wrth y drws. Roedd Gwlithyn a Steffan yn sgwrsio, yn amlwg yn trafod rhywbeth dwys gan daflu cipolwg draw arnon ni. Roedd 'na dyndra, a phawb yn gystadleuol.

"Pan fydd y gloch yn canu, bydd eich tri munud yn dechrau ac fe gewch chi i gyd fynd trwy'r drws acw i weddill yr adeilad."

Yn sydyn, heb rybudd, canodd y gloch.

Brrrring!

Roedd Rwa wedi diflannu trwy'r drws yn gynt na

neb ac fe'i gwelwn hi'n ei heglu hi i fyny'r grisiau. Roedd hi'n gyflym fel milgi â'i ben ôl ar dân. Gwasgais fy oriawr i amseru tri munud, a gwnaeth Lleucu yr un peth. Gwasgarodd pawb yn sydyn. Aeth Lleucu a fi gyda'n gilydd i'r ail lawr.

Roedd y lle fel coedwig – degau ar ddegau o blanhigion o bob maint, lliw a llun. Roedd hi'n gynnes yno hefyd, yn union fel tŷ gwydr. Roedd llwybrau a drysau eraill i fynd trwyddyn nhw ond roedd hi bron yn amhosib gweld y waliau. Aeth y ddwy ohonon ni i ganol y deiliach gyda'n dwylo o'n blaenau. Cyrhaeddais y wal a theimlo fy ffordd ar ei hyd nes cyrraedd drws. Roedd y drws ar glo a'r geiriau 'DIM MYNEDIAD' arno – bingo!

"Lleucu…" sibrydais. Roedd Lleucu wedi stwffio'i hun o dan haen drom o eiddew. Ymddangosodd ei phen i edrych arna i, a nodiais tuag at y drws.

"Iawn, ond well i chdi guddio gynta," meddai gan ddangos ei horiawr.

Roedd hi'n iawn, roedd yr amser yn diflannu'n sydyn a do'n i ddim am gael fy narganfod gan y Llwynogod. Roedd coeden gadarn wedi ei gosod yn y gornel. Dringo coed oedd fy arbenigedd pan o'n i'n fach ac felly i fyny yr es i fel mwnci. Yn anffodus, gan mai coeden wedi'i gosod oedd hi, yn hytrach na choeden oedd wedi ei gwreiddio i'r ddaear go iawn, doedd hi ddim mor gadarn ag yr o'n i wedi ei ddychmygu ac roedd y cyfan yn ysgwyd wrth i mi ddringo.

Brrrrring!

Roedd y Llwynogod ar eu ffordd. Ceisiais symud yn gynt, gan lusgo fy hun ar hyd un o'r brigau trwchus er mwyn gosod fy hun mewn lle cuddiedig. Ond roedd y goeden yn siglo a'r dail yn ysgwyd nes creu sŵn fel tonnau môr.

"Stopia symud!" Daeth llais Lleucu o'r tu ôl i'r eiddew.

Roedd hi wedi cael lle da iawn i guddio, gwell na fi. Petawn i ond yn gallu ymestyn i afael uwch fy mhen, meddyliais, a thynnu fy hun i fyny rywfaint...

Ond wrth i mi wneud hynny cyrhaeddodd y Llwynog cyntaf. Rhewais, doedd fiw i mi symud, ond ro'n i mewn lle anodd, yn hongian fwy neu lai. Ro'n i'n gallu gweld y Llwynog yn edrych o gwmpas yn ofalus ac yn gwrando'n astud am unrhyw smic amheus. Roedd ganddo faner yn ei law. Daeth sŵn o ben arall y coridor oedd yn rhedeg oddi wrth lle roedd Lleucu a fi'n cuddio. Clywodd y Llwynog. Ro'n i erbyn hyn yn gwegian, roedd fy nwylo'n gwasgu ond yn gwanio ac ro'n i'n cael trafferth anadlu'n dawel. Diolch byth, rhedodd y Llwynog i lawr y coridor tuag at y sŵn. Pan deimlais ei fod wedi mynd yn ddigon pell gollyngais a llithro'n swnllyd i'r llawr.

"Alys!! O'n i'n meddwl bo chdi'n dallt sut i chwarae cuddio! Stopia fod mor swnllyd!" sibrydodd Lleucu'n flin.

"Dwi'n gwbod… sori! Mi fydd y Llwynog 'na ar ei ffordd 'nôl rŵan. 'Dan ni angen bod yn gyflym."

Roedd gen i gynllun.

"Be ti angen i fi neud?"

Ro'n i wedi dod o hyd i le da ar y goeden. Er 'mod i wedi bod yn swnllyd, ro'n i wedi llwyddo i weld yn union lle roedd y camerâu i gyd.

"Hyd y gwela i," meddwn wrth Lleucu yn dawel a fy llaw dros fy ngheg rhag datgelu gormod i'r camerâu, "dim ond un camera sydd yn pwyntio tuag at y drws. Mae'n rhaid i ti gyfro fi rywsut."

"Iawn, dim problam, ond beth am y baneri? Dwi'n siŵr fod 'na rywun arall ar y llawr yma a dim ond un faner 'dan ni wedi'i gweld – a 'dan ni angen dwy!"

Roedd hi'n iawn ond roedd hyn yn bwysicach am y tro. Dyma'r unig gyfle i gael mwy o wybodaeth am beth oedd yn mynd ymlaen, ac felly roedd yn rhaid cymryd y risg.

O'r pellter clywsom sŵn yn dod yn nes ar hyd y coridor. Roedd rhywun ar ei ffordd. Roedd y camera oedd yn pwyntio at y drws yn uchel, a thro Lleucu oedd dringo'r tro hwn. Y cyfan roedd angen iddi'i wneud oedd dringo'n agos iddo a hofran o'i flaen am rai eiliadau er mwyn rhoi'r cyfle i mi fynd trwy'r drws. Yna, wrth i'r ddwy ohonon ni amseru tri munud ar bob oriawr, roedd yn rhaid gwneud yr un peth eto ar yr union eiliad yr oedd tri munud yn dod i ben, er mwyn i mi adael yr ystafell.

"Ydi tri munud yn ddigon?" holodd Lleucu.

"Mae'n rhaid iddo fod," meddwn i.

Roedd Lleucu yn ddringwraig slic. Llwyddodd i fynd i fyny'n sydyn a dal ei hun yn gadarn o flaen y camera.

"Brysia! Mae rhywun yn dod ac mae'n rhaid i mi guddio hefyd!" meddai.

Pan oedd hi'n ei lle, tynnais fy esgidiau a'u stwffio o dan y deiliach agosaf at y drws gan wneud yn siŵr fod blaen un esgid i'w weld. Os oedd rhywun am graffu o ochr arall i'r camera, byddai'n meddwl 'mod i'n cuddio yn y deiliach. Ro'n i'n gyflym, ac roedd y cyfan drosodd mewn eiliadau. Llwyddais i ddatgloi'r drws a llithro trwyddo'n dawel – ar ôl i mi sbecian nad oedd neb yr ochr arall wrth gwrs.

Anadlais yn ddwfn. Os oedd amheuaeth Mrs Pi yn gywir ac mai Asiantaeth Gudd arall oedd Her Ll, wel, doedd hi ddim yn ddiwedd y byd petai rhywun yn darganfod fy mod i yno i ysbïo, a dweud y gwir.

Roedden ni i gyd yn bobol dda wedi'r cyfan. Ond roedd yr hyn 'nes i ddarganfod yn yr ystafell nesaf yn troi popeth ben i waered.

8
GWYBOD GORMOD

Ro'n i mewn swyddfa go fawr gyda phump desg, a phob un gyda nifer o sgriniau a chyfrifiaduron pwerus arnyn nhw. Sylweddolais fod y lle'n llawn lluniau, mapiau, nodiadau, i gyd wedi eu pinio yn eu lle. Edrychai'r ystafell yn debyg iawn i swyddfa Asiantaeth Gudd, lle roedd y gwaith o roi'r jigso mawr at ei gilydd ar ôl i asiant fel fi gasglu'r darnau a'u hanfon at Mrs Pi.

Do'n i ddim yn siŵr am beth ro'n i'n chwilio. Doedd gen i ddim llawer o amser. Llithrodd fy llygaid dros y wal mor gyflym ac mor fanwl ag ro'n i'n gallu ac yno, yn hollol amlwg, roedd nodiadau a holl fanylion cynllun i ladrata. Lladrata o adeilad oedd â system ddiogelwch cŵl iawn, o'r hyn ro'n i'n gallu ei weld. Roedd 'na synwyryddion symud, cloeon soffistigedig, robotiaid hyd yn oed. Dechreuais dynnu lluniau o'r wal gyda fy oriawr. Roedd sylw penodol yn cael ei roi i gist fawr dan glo oedd yn cael ei chadw yng nghrombil y tŷ, yn ôl y nodiadau. Ro'n i'n tybio bod tipyn o arian yn cael ei gadw mewn cist mor fawr.

Wrth astudio mwy, roedd tipyn o wybodaeth

am y lladrad yn yr Amgueddfa hefyd, a thameidiau o bapurau newydd gyda phenawdau am y lladrad. Chwarddais yn dawel bach. Roedd y lle yma'n llawn tystiolaeth mai'r bobol yma oedd y lladron ac ro'n i am fod yn gyfrifol am ddatgelu'r cyfan! Y cyfan roedd yn rhaid i mi ei wneud oedd anfon y lluniau oddi ar fy oriawr i Mrs Pi. Ond doedd dim ateb i'r cwestiwn mawr o hyd – pam yn y byd yr oedd y lladron wedi creu cystadleuaeth?

Roedd fy mhen yn un lobsgóws o wybodaeth ac amheuaeth, yna fe welais rhywbeth wnaeth droi'r lobsgóws yn stwnsh. Llun o Mrs Pi. Llun wedi'i dynnu o bell, heb iddi hi wybod.

Blipiodd fy oriawr. Deg eiliad nes oedd yn rhaid i mi adael yr ystafell ar yr union foment roedd Lleucu'n gorchuddio'r camera.

Yn sydyn, roedd arna i fymryn o ofn, ac ro'n i'n teimlo 'mod i mewn perygl. Os oedd y bobol yma – pwy bynnag oedden nhw – yn adnabod Mrs Pi, roedd posibilrwydd cryf eu bod nhw'n gwybod pwy o'n i ac o bosib Lleucu.

Llwyddais i ddianc o'r ystafell heb drafferth. Daeth Lleucu ata i wrth i ni'n dwy gyrcydu y tu ôl i wrych.

"Mi ddaeth y Llwynog 'nôl, ond mae o wedi mynd trwy'r drws arall 'na. Dim sôn am neb arall. Doedd y faner ddim ganddo fo felly mae o wedi ei chuddio'n rhywle ben arall y coridor 'na."

"Lleucu… mae'n rhaid i mi ddweud wrthat ti… dwi wedi darganfod…"

Ond cyn i mi fedru dweud dim mwy daeth rhywun i edrych dros y gwrych a dweud:

"Bw!"

Sgrechiodd y ddwy ohonon ni. Gwlithyn oedd yno a baner yn ei law.

"Chi ddim yn sibrwd yn dawel iawn, chi'n gwbod."

"Lle gest ti honna?" Camodd Lleucu tuag at y faner, ac am hanner eiliad ro'n i'n meddwl ei bod hi am ei chipio o'i law.

"Well i chi hastu, ferched! Ewch lan i'r llawr uchaf, mae dau Gadno wedi mynd lan fan'na ac felly dwy faner, a fi bron yn siŵr mai dim ond Rwa weles i'n mynd lan 'na," ac i ffwrdd ag o, yn smỳg, tuag at y grisiau.

Roedd o'n dal yn wyliadwrus, gan ei bod hi'n ddigon posib i Lwynog dy dagio ar ôl i ti gael gafael ar faner.

"Cythral bach, y cynta unwaith eto," hisiodd Lleucu.

"Lleucs, dwi'n meddwl ein bod ni mewn perygl."

"Ydan, mewn perygl o golli! Rŵan, tyrd. Gei di ddweud y cyfan ar y ffordd i'r ffeinal!"

Roedd Lleucu wedi mynd am y grisiau er mwyn mynd i fyny i'r llawr uchaf. Cymerais fy amser cyn mynd ar ei hôl. Roedd yn well i mi anfon y lluniau at Mrs Pi cyn mynd gam ymhellach. Ond eto, roedd rhywbeth yn dweud wrtha i am beidio. Ro'n i'n clywed llais Mam yn dweud wrtha i am wrando ar yr hyn roedd ym mêr fy esgyrn. Felly anfonais y lluniau at Mam, gan gynnwys y llun o Mrs Pi. Yna, heglais ar ôl Lleucu. Ro'n i'n fwy penderfynol o gyrraedd y diwedd rŵan.

Ar y llawr uchaf doedd dim sôn am Lwynog yn unman. Roedd Lleucu'n sefyll yno yn syllu ar yr olygfa. Roedd y llawr uchaf fel rhyw farchnad ddefnyddiau a llieiniau hirion, neu londrét i gewri! Roedd rholiau mawr wedi eu taenu yn gris-groes ar hyd y lle. Roedden nhw'n hardd ac yn lliwgar. Roedd y lle'n gyfareddol a dweud y gwir, yn eich hypnoteiddio. Roedd awel yn dod o rywle hefyd oedd yn gwneud i'r defnyddiau chwifio i fyny ac i lawr.

Ro'n i'n syllu ar liain glas yn chwifio pan welais i faner. Wrth i'r lliain glas chwifio eto roedd Llwynog yn sefyll yno'n edrych arna i.

"Llwynog!"

Neidiodd Lleucu a fi i gyfeiriadau gwahanol. Rholiais ar hyd y llawr gan weld traed y Llwynog yn gwibio heibio i mi i gyfeiriad Lleucu. Llusgais fy hun rhwng dau bentwr o roliau defnydd a gorwedd yno'n dawel i glustfeinio. Doedd dim smic. Ro'n i'n tybio 'mod i'n agos at y faner. Ceisiais lithro'n ofalus eto i ben draw'r rholiau a sbecian i weld os oedd y faner o fewn cyrraedd. Roedd llenni hirion gwyn, tenau, yn rhedeg o'r to uwch fy mhen ac yn cosi fy wyneb ond gwelais i'r faner.

Gan gadw'n isel ac yn dawel ro'n i wedi cyrcydu, yn barod i neidio a gafael yn y faner cyn rholio i ganol y defnyddiau porffor oedd yr ochr draw i'r faner. Byddai fan'no yn lle da i guddio gan fy mod yn gwisgo crys-t porffor, meddyliais. Anadlais yn ddwfn a chyfri i dri cyn neidio.

Ond wrth i mi blymio trwy'r awyr, daeth Rwa Kim o'r nenfwd gan droelli fel chwyrligwgan bach, ac un o'r llenni gwynion wedi lapio amdani. Roedd hi'n troelli i lawr yn union fel petai rhywun wedi ei gollwng fel io-io ar linyn ond yn hytrach na mynd yn ôl i fyny glaniodd ar y llawr gan afael yn y faner. Ges i gymaint o sioc o'i gweld hi'n ymddangos o'r nefoedd nes i mi fethu â glanio'n iawn. Rhowliais yn bendramwnwgl i'r llieiniau porffor. Edrychodd Rwa arna i dros ei hysgwydd cyn sgrialu am y grisiau. Roedd hi'n gyflym, ac roedd angen iddi fod, achos y peth nesaf roedd Llwynog coch arall yn ei dilyn hi ar ras.

Wrth i mi feddwl am godi ar fy nhraed clywais sŵn bach y tu ôl i mi. Lleucu!

"Lleucu! Ti'n iawn?"

"Dwi 'di troi 'nhroed wrth ddianc rhag y Llwynog 'na. O'n i isio gweiddi mewn poen ond mi lwyddais i ddal fy nhafod a chuddio'n fama. Mae'r Llwynog wedi mynd i'r cyfeiriad arall."

"Welis i o'n mynd ar ôl Rwa. Reit, tyrd... mae 'na un faner arall yma'n rwla," meddwn i gan gynnig fy nghefn iddi. Edrychodd arna i'n syn. "Tyrd yn dy flaen, mi garia i chdi, dwi ddim am dy adael di yma."

Neidiodd ar fy nghefn. Doedd hi ddim yn rhy drwm ac felly i ffwrdd â ni i lawr y coridor nesaf. Roedd y defnyddiau lliwgar yn dal i redeg ac i blethu trwy'i gilydd, yna daethon ni i ben draw'r coridor heb unrhyw le i fynd.

"Fan'na, sbia!" meddai Lleucu dros fy ysgwydd.

Yno roedd 'na dwnnel o gotwm amryliw yn arwain i rywle. Aethon ni'n dwy ar ein pedwar, a Lleucu'n tuchan wrth drio'i gorau i gadw'i throed oddi ar y llawr rhag y boen.

"Lleucu, mae'n rhaid i mi ddeud rhywbeth wrthat ti. Pwy bynnag ydi'r bobol 'ma, mae ganddyn nhw lun o Mrs Pi."

Stopiodd Lleucu yn stond. Roedd hi'n gwybod bod

hynny'n golygu ein bod ni mewn sefyllfa beryglus. Aeth yn ei blaen, wedi llyncu ei phoer a heb ddweud gair.

Wedi cyrraedd yr ochr draw roedd ystafell arall. Roedd yr ystafell yn wag a'r golau'n isel, heblaw am y faner ym mhen pella'r stafell. Ond tua hanner ffordd rhyngddon ni a'r faner roedd dau siâp drws gwag yn y waliau o boptu yn arwain i dywyllwch. Rhoddais fy mhen i mewn i astudio'r ystafell yn fanylach.

"Trap 'di o," meddwn i. "Mae'n rhy hawdd. Mi fetia i fod 'na Lwynog yn cuddio trwy un o'r drysau 'na."

"Ein problem fwya ni ydi mai un faner sydd ar ôl, a dwy ohonan ni."

Ro'n i'n gwybod bod y foment yma am gyrraedd ryw ben. Roedd yn rhaid i mi gael gafael ar y faner i gwblhau fy Nhasg Gudd. Ond cyn i mi orfod dadlau gyda Lleucu am y peth, dywedodd:

"A' i yn gynta ac o lle bynnag y daw'r Llwynog, mi reda i drwy'r twll arall i'w ddenu. Mi fydd y ffordd yn glir i ti fachu'r faner wedyn, bydd?" Aeth ei llais hi'n dawel cyn dweud, "Ac os ydi Mrs Pi... neu ni... mewn trwbwl, wel mae'n rhaid i ti chwarae'r gêm hyd at y diwedd. A wyddost ti ddim, ella fod y faner olaf yn dal ar gael yn rhywle, felly mae gen i obaith o hyd!"

Gwenais yn wan arni. Roedden ni'n dwy yn gwybod nad oedd hynny'n wir a hithau prin yn gallu cerdded yn iawn, heb sôn am redeg. Ond roedd hi'n benderfynol mai dyma'r cynllun gorau.

Gafaelais amdani a'i gwasgu'n dynn, ac i ffwrdd â hi. Dim ond pedair herc roedd hi wedi eu cymryd pan glywson ni gloch fechan yn canu yn y pellter. Roedd Lleucu wedi tynnu yn erbyn gwifren anweledig oedd yn rhedeg yn isel ar draws y stafell. Roedd sŵn traed y Llwynog yn dod yn nes ac yn gyflym. Neidiodd o'r tywyllwch i'r chwith a rhedodd Lleucu i'r tywyllwch ar y dde gan weiddi mewn poen. Roedd hi wedi rhoi pwysau ar ei ffêr heb feddwl, ond roedd hi wedi cario mlaen fel arwres. Diflannodd y ddwy o'r golwg. Arhosais i wrando arnyn nhw'n mynd, cyn sleifio a gafael yn y faner. Rhuthrais wedyn yn ôl ar hyd y twnnel cotwm a thrwy'r defnyddiau porffor, cyn brasgamu i lawr y grisiau i'r goedwig ar yr ail lawr.

A dyna pryd y des i wyneb yn wyneb â Llwynog! Cafodd yntau gymaint o sioc â mi, ochrgamais gan redeg trwy'r planhigion i gyfeiriad y grisiau nesaf. Roedd deiliach yn chwipio fy wyneb ac ro'n i'n clywed y Llwynog yn agosáu. Neidiais ar ganllaw'r grisiau a llithro i lawr ar fy mhen ôl yn gyflym. Ro'n i'n hedfan mynd ac roedd y Llwynog wedi rhoi'r gorau i fy nilyn ar ben y grisiau. Ro'n i methu clywed yn glir, ond ro'n i'n siŵr ei fod yn chwerthin. Cyrhaeddais y llawr olaf a mynd yn syth am y drws i'r cyntedd. Roedd fy ngwynt yn fy nwrn ac yno'n fy aros gyda baneri yn eu dwylo roedd Steffan, Gwlithyn a Rwa. Ble roedd Jena?

"Da iawn," meddai Gwlithyn. "O'n i'n amau mai'r Lleucu 'na oedd am lwyddo… mae hi'n swno fel merch benderfynol iawn."

Wrth i mi gael fy ngwynt ataf a cheisio anwybyddu Gwlithyn, cynigiodd Rwa botel o ddŵr i mi. Diolchais.

"Lle mae pawb 'ta?" holodd Steffan wrth edrych o'i gwmpas.

Roedd yn gwestiwn da. Doedd dim sôn am neb, dim Elen na theulu na neb. Aeth Steffan i geisio agor y drws oedd yn arwain allan i'r maes parcio. Roedd o wedi ei gloi.

Yn sydyn, roedd popeth yn teimlo'n anghywir. Es yn ôl at y drws ro'n i newydd ddod trwyddo, ac roedd hwnnw wedi ei gloi hefyd. Ceisiodd Rwa agor y ffenestri, ac roedd y rheini hefyd wedi'u cloi.

"Wel, tydi'r sialens ddim wedi gorffen, yn amlwg," meddai Gwlithyn gyda'r wên hurt, hyderus, yna ar ei wyneb.

"Dwi ddim yn meddwl bod hyn yn rhan o'r gystadleuaeth," meddai Steffan gyda phryder yn ei lais.

Yn sydyn, ymddangosodd wyneb Elen ar sgrin deledu ar y wal.

"Helô, gyfeillion. Llongyfarchiadau mawr i chi'ch pedwar am lwyddo i oroesi Rownd 3. Chi yw'r pedwar lwcus fydd yn wynebu'r her eithaf. Rydych chi'n mynd i ddwyn £200,000,000 i ni."

Chwarddodd Gwlithyn. "Beth?!"

Camais yn nes at y sgrin, ac ro'n i'n gwybod ei bod hi'n gallu'n gweld ni.

"Tydan ni ddim am ddwyn dim byd i chi. Tydan *ni* ddim yn lladron."

"Ow, Alys fach, wrth gwrs eich bod chi. Chi'n lladron naturiol, mae gynnoch chi'r holl sgiliau sydd eu hangen. Rydach chi wedi profi hynny."

Yn sydyn, sywleddolais beth oedd yn digwydd. Nid chwilio am Asiant Cudd roedden nhw ond chwilio am bwy fyddai'n addas i fod yn lladron! Cododd Gwlithyn ei lais a mynd at y sgrin i siarad yn ddigon cwrtais, chwarae teg.

"Esgusodwch fi. Sai'n siŵr os yw hyn yn rhan o'r gystadleuaeth, ond sai'n deall yn iawn. Oes modd i ni gael egwyl fach ac eglurhad?"

Roedd Elen yn chwerthin a doedd hynny ddim yn plesio Gwlithyn rhyw lawer. Trodd ar ei sawdl a martsio tuag at y drws oedd yn arwain allan.

"Lle ti'n mynd?" holodd Steffan ar ei ôl.

"So hi, Elen, yn meddwl bod cloi un drws fel hyn yn mynd i'n stopo ni rhag gadael y stafell, yw hi? Iyffach, o'dd Rownd 1 i gyd i wneud 'da dianc!"

Ond gwaeddodd Elen arno:

"Faswn i ddim yn gwneud hynny, Gwlithyn bach, neu weli di byth mo dy Wncwl Hari eto."

Aeth ias i lawr fy nghefn. Trodd y pedwar ohonon ni i edrych ar y sgrin. Roedd Her Ll wedi herwgipio'r teuluoedd ac yn eu cadw nhw'n gaeth. Ewyrth Gwlithyn – Wncwl Hari, mam Steffan, chwaer fawr Rwa, a Wil, fy ewyrth ffug ond un o fy ffrindiau gorau. Dangosodd Elen yr olygfa ar y sgrin i ni, pawb wedi'u clymu a thâp dros eu cegau. Yno hefyd roedd Jena Wyn a'i mam, a Lleucu.

"Lleucu! Ti'n iawn?" ro'n i'n bloeddio ar y sgrin.

Roedd y pedwar ohonon ni'n gweiddi ar y sgrin, hyd yn oed Rwa, a do'n i ddim wedi ei chlywed hi'n gwneud smic yn uwch na llygoden yn tisian ers y dechrau. Roedd pawb yn teimlo'r ofn roedden ni'n ei rannu.

"Ydych chi'n barod i wrando rŵan?" holodd Elen yn araf.

"Na! Fi'n mynd i ffono'r heddlu, mae hyn yn wallgo!" meddai Gwlithyn yn ei dymer.

"A sut ti'n mynd i wneud hynny, Gwlithyn? Does gen ti ddim ffôn na dim!"

Yn sydyn sylweddolais fod gen i'r modd o alw am help – fy oriawr glyfar!

"Wel, gall Alys eich helpu chi. Mae'r cynlluniau ganddi hi ar ei horiawr glyfar." Roedd hi'n syllu arna i ac yn gwenu, gan wybod yn iawn ei bod hi'n gwneud i mi swnio fel petawn i'n rhan o'r holl dwyll. "Gyda llaw, peidiwch â meddwl y gallwch chi ddefnyddio'r oriawr i gysylltu ag unrhyw un. Rydyn ni wedi torri'r signal."

Dwi ddim yn rhegi'n aml, ond fe wnes i regi ar yr eiliad honno. Roedd hi'n gwybod 'mod i'n Asiant Cudd felly. Ond doedd hi ddim yn gwybod bod Mam yn cael rhybudd os oedd signal fy oriawr i'n cael ei ddiffodd. Felly ro'n i'n ffyddiog ei bod hi wedi synhwyro bod rhywbeth o'i le.

Edrychodd Gwlithyn a Steffan arna i mewn penbleth. Roedd Rwa erbyn hyn yn eistedd ar y llawr a'i phen yn ei dwylo.

"O, gwenwch, wir!!" Aeth Elen ymlaen â'i gwenwyn. "Rydych chi wedi cyrraedd y ffeinal fawr! A be sy'n dda ydi fod posib i chi gyd ennill, achos mae'n rhaid i chi weithio fel tîm os am lwyddo. Eich gwobrau chi fydd eich teuluoedd a'ch ffrindiau yn fyw ac yn iach. Ond os ydych chi'n ein plesio go iawn, byddwch chi a'ch teulu yn ennill miliwn o bunnoedd! Rŵan 'ta, tydi hynny ddim yn swnio'n ddrwg i gyd, ydi o?! Meddyliwch, allwch chi fod yn byw bywyd cyfoethog fel lladron llwyddiannus, ac mi *fyddwch* chi'n llwyddiannus, achos chi'ch pedwar yw'r gorau!!"

Roedd sŵn Elen yn chwerthin yn byddaru fy nghlustiau. Dyna oedd eu cynllun nhw felly. Recriwtio lladron oedden nhw!

Aeth y sgrin yn ddu, ond ro'n i'n synhwyro bod Elen a'r Llwynogod yn dal i'n gwylio.

"Am beth oedd hi'n sôn, Alys? Yr oriawr 'na a lluniau? Be sy'n mynd mlân?" Roedd Gwlithyn yn fygythiol. Roedd o wedi dychryn ac ro'n i, mwyaf sydyn, yn berson amheus iawn.

Ceisiais ei ddarbwyllo ac egluro, ond roedd o'n dod yn nes ac yn nes ata i, a Steffan y tu ôl iddo yn amlwg wedi dychryn hefyd. Yn y diwedd, doedd Gwlithyn ddim yn gwrando arna i nac yn bagio'n ôl i mi gael lle i siarad. Gafaelais o dan ei gesail a gwneud symudiad slic i'w gael ar y llawr ac o dan fy rheolaeth.

"Gwlithyn. Tydw i ddim am dy frifo di, ond mae'n rhaid i ti wrando arna i a gadael i mi egluro. Dwi'n Asiant Cudd."

Aeth y lle yn dawel, yn gwbwl dawel. Do'n i erioed wedi dweud y geiriau yna wrth ddieithriaid o'r blaen. Ro'n i'n gwybod bod Elen a'r gweddill yn gwybod pwy o'n i erbyn hyn ac ro'n i'n gwybod eu bod nhw'n gwylio.

"Asiant Cudd?" Roedd Steffan yn chwerthin. Gollyngais Gwlithyn.

"Ia."

"Dwi'm yn dy gredu di."

"Dwi'n Asiant Cudd, ar fy llw, a dwi yn y gystadleuaeth yma i ymchwilio i beth neu bwy yn union ydi Her Ll. Oes, mae gen i luniau o'r cynlluniau, ond lluniau i brofi eu bod nhw'n lladron ydyn nhw a lluniau i brofi mai nhw wnaeth ladrata o'r Amgueddfa Genedlaethol. Tydi hi ddim yn glir pam eu bod nhw isio i ni ladrata'r pres, a dwi ddim yn siŵr be sy'n mynd ymlaen ond coeliwch fi. Plis."

Roedd Gwlithyn a Steffan yn syllu'n syn arna i. Ro'n i'n gweddïo eu bod nhw'n credu pob gair. Ro'n i angen iddyn nhw fy nhrystio i.

"Wel…" daeth llais bychan o'r tu ôl i mi. Rwa. "Os wyt ti'n Asiant Cudd, beth wyt ti'n meddwl y dylen ni wneud nawr?"

9
LLADRON

Ar y trên 'ma rŵan, wrth sgwennu hyn i gyd, dwi'n difaru na faswn i wedi trio meddwl am gynllun arall. Trio dianc, ella, a dod yn ôl gyda chefnogaeth i achub y teuluoedd. Ond ar y pryd doedd hynny ddim yn edrych fel opsiwn.

Roedd yn rhaid i ni fwrw ymlaen gyda'r lladrad a gobeithio bod Mam wedi derbyn y lluniau ac wedi synhwyro trwbwl wrth i'r signal ddiflannu. Roedd yn rhaid gobeithio ei bod hi ar ei ffordd i'n helpu. Ro'n i'n difaru peidio ag anfon y lluniau at Mrs Pi, ond do'n i'n dal ddim yn siŵr iawn sut roedd hi'n ffitio yn y jigso mawr. Pam fod gan Her Ll lun ohoni?

Roedd yn rhaid i ni gynllunio a pharatoi'r lladrad. Roedd car yn dod i'n nôl ni ac yn mynd â ni i'r lleoliad y noson honno. Ro'n i'n lwcus 'mod i wedi tynnu cymaint o luniau ar fy oriawr a bod modd eu taflunio ar y llawr i'w gweld mewn maint mwy.

O edrych yn fanwl, roedd pedwar cam i'r system ddiogelwch. Camerâu, synwyryddion symud ar y lloriau, cloeon, ac un cam anarferol. Pan oedd synwyryddion y lloriau'n cael eu diffodd roedd robot bach yn crwydro'r tŷ ac yn synhwyro gwres y corff.

Roedd yn eich dilyn nes eich cyffwrdd. A phan oedd yn eich cyffwrdd roedd yn gallu dweud os oeddech chi'n ddieithryn ai peidio. Os dieithryn oedd yno roedd 'na larwm aflafar yn canu. O ia, ac roedd un Swyddog Diogelwch diog.

Roedd dringo dros y waliau a chroesi'r ardd fawr at y tŷ yn mynd i fod yn iawn, cyhyd â'n bod ni'n osgoi'r camerâu.

"Rydach chi i gyd yn dda am wneud y math yna o beth." Roedd sglein slei yn llygaid Elen wrth iddi gerdded o'n cwmpas ni, yn gwrando ar y cynlluniau.

Fi oedd yn arwain y cynllunio. Ro'n i'n teimlo bod yn rhaid i mi wneud hynny gan mai fi oedd y mwyaf profiadol mewn gwneud tasgau o'r fath. Roedd Steffan a Rwa yn gwrando'n astud, yr ofn yn amlwg yn eu bwyta. Roedd Gwlithyn ar y llaw arall yn dal i edrych arna i'n amheus. Y man gwannaf yn y system oedd y drws blaen – doedd neb yn credu y byddai lladron yn cerdded i mewn trwy'r drws ffrynt! Roedd clo'r drws yn syml.

"Dim problem datgloi hwnna," meddai Gwlithyn.

Ond unwaith yr oedd y drws yn agor roedd signal yn cael ei yrru i swyddfa'r Swyddog Diogelwch yng nghefn y tŷ. Byddai hwnnw'n gwybod yn syth wedyn ar ba sgrin i edrych a gweld yn glir pwy oedd yn dod i mewn wrth i olau bach fflachio uwchben y sgrin.

"Fedrwch chi amseru hyn yn berffaith," meddai Elen. "Mae'r twmffat boliog yn dod â choffi gydag o i'w yfed bob nos pan mae'n dechrau ei shifft hwyr am hanner awr wedi naw."

"*So what?* Bydd hi bron yn hanner nos arnon ni'n torri mewn i'r lle. Bydd e'n ishte 'na fel Bwda yn gwylio'r sgrinie a'n gweld ni'n dod!"

"Na," meddwn i gan sylweddoli beth roedd Elen yn ei feddwl. "Mi fydd o angan mynd i'r tŷ bach. Ella tua hanner awr wedi un ar ddeg?"

Edrychais ar Elen. Roedd edrych arni yn berwi fy nhu mewn ond yn fy ngwneud i'n benderfynol o feddwl am ffordd allan o'r twll 'ma.

"Cywir, Alys… da iawn! Mae o'n mynd i'r tŷ bach am hanner awr wedi un ar ddeg ar y dot bob nos!" Chwarddodd Elen gan feddwl fod hynny'n hurt. "Ond bydd yn rhaid i un ohonoch chi gyrraedd ei swyddfa a diffodd y golau bach uwchben sgrin y drws blaen cyn iddo ddod 'nôl o'r tŷ bach a sylwi fod y drws blaen wedi agor."

"Ond… pwy sy'n byw yna? Ble maen nhw?" holodd Steffan yn betrusgar.

"Tydach chi ddim angen gwybod pwy sy'n byw

'na. Mi fyddan nhw i gyd yn cysgu'n drwm. A wnewch chi ddim o'u deffro nhw yn y tŷ enfawr 'diogel' 'na! Does dim angen i chi fynd i fyny'r grisiau hyd yn oed!"

Roedd y sefyllfa'n mynd yn fwy dwys bob eiliad. Llyncais fy mhoer.

Daeth Rwa ata i a sibrwd yn fy nghlust ei bod hi'n meddwl y gallai hi rewi'r sgriniau i gyd fel nad oedd y camerâu yn amharu arnon ni, unwaith roedden ni yn y tŷ. Ond doedd Elen ddim yn hoffi fod Rwa yn sibrwd. Roedd hi eisiau clywed popeth roedd pawb yn ei ddweud.

"Be ddeudist ti rŵan? Siarada efo pawb yn y stafell, Rwa Kim."

"Os ydych chi eisiau i ni wneud hyn, mae'n rhaid i chi adael i ni neud fel rydan ni isio," meddwn i yn heriol.

Ar hynny daeth un o'r Llwynogod i mewn, Llew – heb ei hambwrdd o lemonêd tro 'ma.

"Dyna ddigon, Elen. Mae Alys yn ddigon tebol i weithio hyn i gyd mas ei hunan. Mae gyda ni waith arall i'w drefnu," meddai, gan wneud llygaid mawr arni.

Gwaith arall? meddyliais. Beth oedd eu cynllun mawr nhw?

Gadawodd Elen y stafell gan ein rhybuddio eu bod

nhw'n gwylio popeth ac nad oedd arnyn nhw ofn brifo unrhyw aelod o'n teuluoedd. Roedd llygaid Steffan yn goch erbyn hyn, yn trio'i orau i gadw'r dagrau yn ôl. Roedd Rwa â'i phen yn ei dwylo eto.

Ar y pwynt yma roedd yn rhaid i mi greu adroddiad bach i mi fy hun a chael trefn ar bopeth yn fy meddwl. Dychmygais 'mod i efo Lleucu yn trafod a threfnu ac yn ysgrifennu nodiadau clir yn barod i roi adroddiad i Mrs Pi.

1. Lladrata o'r tŷ mawr 'ma. Pwy oedd y perchnogion? Ddim yn gwybod.
2. Pam ein cael ni i wneud y gwaith? Ddim yn gwybod – posib fod cynllun arall ar y gweill hefyd.
3. Ydi Elen yn dweud y gwir? A fydd pawb yn cael eu rhyddhau heb anaf wedi i ni gwblhau'r lladrad?

"Tydan ni ddim am wneud hyn go iawn, ydan ni?" gafaelodd Steffan yn fy mraich.

"Ydan," meddwn yn gadarn a thawel. "Dim ond er mwyn gwastraffu amser yn fwy na dim."

"Beth?" edrychodd Gwlithyn arna i'n ddiddeall.

"Ylwch, mae 'na bobol yn gwybod 'mod i yma, ac unwaith y byddan nhw'n gweld bod signal fy oriawr i wedi ei dorri byddan nhw ar eu ffordd. 'Dan ni am gario mlaen i wneud yn union fel maen nhw'n ei ddweud er mwyn cadw'n teuluoedd yn ddiogel nes y bydd rhywun yn dod i'n helpu."

"Fydd y bobol 'ma sydd ar eu ffordd yn cyrraedd cyn i ni orfod mynd i'r tŷ? Ydan ni am gael ein hachub cyn gorfod gwneud hyn?" holodd Steffan yn obeithiol.

"Dwi ddim yn gwybod," meddwn i, gan obeithio bod Mam a Mrs Pi a phawb o'r asiantaeth ar eu ffordd.

Do'n i ddim yn gwybod ar y pryd *fod* Mam wedi cael y neges ac yn gwybod 'mod i mewn perygl.

Do'n i ddim yn gwybod ar y pryd ei bod hi wedi mynd yn syth at Mrs Pi er mwyn trefnu tasg achub.

Do'n i chwaith ddim yn gwybod bod Mam wedi methu ffeindio Mrs Pi yn unman. Roedd hi wedi diflannu ac allai Mam ddim ymddiried yn neb.

Do'n i ddim yn gwybod ar y pryd fod Mam wedi llwyddo i ddarganfod ein lleoliad ni a'i bod hi ar ei ffordd. Ond roedd hi'n dod ar ei phen ei hun.

Doedd dim amdani ond cario mlaen.

10
Y ROWND OLAF

Bellach, roedden ni'n pedwar yn eistedd yng nghefn fan, wedi ein gwisgo mewn du.

"Dwi jyst yn gobeithio bod Mam fach yn iawn." Roedd Steffan yn poeni ei enaid.

"Jiw jiw, paid becso shwd gwment. Ma Alys yn deall beth mae'n neud – os yw hi *yn* Asiant Cudd, hynny yw. Ac os mai gweud celwydd mae 'ddi, wel, ei bai hi fydd e i gyd, ta p'un."

Do'n i ddim yn credu'r hyn ro'n i'n ei glywed. Winciodd Gwlithyn arna i. Oedd o'n deall pa mor ddifrfol oedd hyn i gyd, neu oedd o'n dal i feddwl ei fod o mewn cystadleuaeth? Ro'n i'n dechrau amau hynny. Ond doedd dim pwrpas i mi geisio ei ddychryn a'i berswadio i gymryd hyn o ddifri. Roedd Rwa yn gwbwl dawel a Steffan yn chwys o nerfau. Doedd gen i ddim syniad sut byddai'r ddau am ymateb dan y pwysau. O leiaf roedd 'na ychydig o gythrel yn perthyn i Gwlithyn.

Cyrhaeddom y lleoliad, ac agorodd Elen ddrysau cefn y fan. Neidiodd y pedwar ohonon ni allan. Roedd Steffan erbyn hyn yn crynu.

"Datrys posau, cracio cods, cliwiau, gwneud

puzzles!! Dyna dwi'n gallu neud. Dim hyn!" meddai dan ei wynt.

Rhoddais fy llaw ar ei ysgwydd. Roedd Rwa yn edrych arna i hefyd. Roedd hi i weld yn fwy hyderus erbyn hyn.

"Pob lwc," meddai Elen, gan roi gwên hyll. "Byddwn ni'n gwylio, gyda'ch teuluoedd!!" ac i ffwrdd â'r fan a'n gadael ni yno.

"Allen ni gerdded bant nawr, os chi moyn. Sneb 'ma i'n stopo ni," meddai Rwa yn dawel.

Roedd hi'n iawn, ond doedd wybod beth fyddai'n digwydd i Lleucu a'r gweddill.

"Glywest ti Elen yn gweud – dim dianc, dim heddlu... dim dewis! Ti moyn gweld dy whâr 'to?" atebodd Gwlithyn heb fawr o gydymdeimlad.

Roedd dringo dros y wal a rhedeg ar draws yr ardd yn hawdd. Roedd yn rhaid i ni helpu rhywfaint ar Steffan i ddod dros y wal ond roedd o'n hogyn digon ysgafn, diolch byth. Roedd Rwa wedi neidio i fyny fel cysgod cath. Roedd patrwm symudiadau'r camerâu yn weddol hawdd i'w datrys. Roedd bwlch perffaith rhwng i un camera edrych un ffordd, a'r llall y ffordd arall, er mwyn gallu rhedeg ar draws y lle agored.

Wrth gyrraedd y drws blaen roedd pethau'n cymhlethu. Roedd gormod o larymau ar bob ffenest a'r drysau eraill i gyd, felly roedd yn rhaid i'r pedwar ohonon ni fynd i mewn trwy'r drws. Ond roedd yn rhaid i un ei heglu hi'n gyflym i ddiffodd golau'r sgrin fach yn y swyddfa ddiogelwch oedd i'r chwith, yr ochr arall i'r gegin. Ond roedd problem fawr.

Roedd synwyryddion symud ar y lloriau i gyd a phob ystafell gyda'i system unigol a chod i'w gracio ar gyfer ei ddiffodd. Ond doedd dim amser i'w gracio na diffodd system y gegin, felly roedd yn rhaid i Rwa fynd amdani yn ei ffordd osgeiddig ei hun.

Wrth i ni'n pedwar gyrcydu wrth y drws, trodd y 23:29 ar fy oriawr yn 23:30. Roedd y Swyddog Diogelwch ar ei ffordd i'r tŷ bach!

"Reit, Gwlithyn, gwna dy waith."

Llwyddodd Gwlithyn i agor clo'r drws mewn chwinciad, a gwthiais innau'r drws yn agored mor dawel â phosib. Dringodd Rwa ar ysgwyddau Steffan ac i fyny uwchben ffrâm y drws. Roedd hi mor ystwyth a slic, llwyddodd i gyrraedd a chroesi'r gegin heb gyffwrdd y llawr ac i mewn i'r swyddfa lle roedd holl sgriniau'r camerâu. Roedd hi am ddiffodd y golau a rhewi'r sgriniau – doedd dim angen poeni am y camerâu o gwbwl wedyn.

Wrth iddi hi wneud hynny ro'n i ar fy mol yn ceisio datrys cod synwyryddion y cyntedd er mwyn i ni fynd ymhellach i mewn i'r tŷ. Roedd y bocs wrth y drws. Gwendid y system yma oedd bod cymaint o godau i'w cofio. Roedd y teulu'n amlwg wedi rhoi cliwiau bach wrth bob un er mwyn eu hatgoffa o'r rhif. Roedd angen chwe rhif…

"Steffan, dwi angan chwe rhif, y cliw ydi 'Ffynciwch o 'ma nawr'! Be ar wynab y ddaear mae hynny'n feddwl?"

Doedd gen i ddim syniad lle i ddechrau datrys y cliw yna.

"Hawdd!" meddai Steffan yn annisgwyl. "Ffynciwch o 'ma nawr – cân enwog gan fand o'r nawdegau o'r enw Hanner Pei. Chwe rhif cynta *pi* yw 3.14159 felly…"

Caeodd ei lygaid am lai na phump eiliad cyn dweud, "Chwe rhif cynta hanner y rhif yna yw 1.57079."

Anhygoel.

"Ti'n siŵr?" edrychodd Gwlithyn arno'n amheus.

Ro'n i'n hyderus ei fod yn iawn ac fe wasgais y rhifau yn eu tro. Ac roedd hyder Steffan yn dod yn ôl yn ara deg! Roedd Gwlithyn wedi rhyfeddu.

Roedd Rwa yn ôl uwch ein pennau ymhen dim, a synwyryddion llawr y cyntedd wedi eu diffodd. Aeth y pedwar ohonon ni i mewn ar flaenau'n traed a chau'r drws y tu ôl i ni.

Dywedodd Rwa fod y Swyddog Diogelwch

hanner ffordd trwy wylio'r ffilm *Frozen* a siŵr o fod ddim yn cadw llygad barcud ar bethau, beth bynnag! Ro'n i eisiau chwerthin wrth glywed hynny.

"Iawn, trwy'r stafell fwyta i'r coridor pellaf. Yr ail ddrws ar y dde yw'r swyddfa ac mae drws arall yn arwain i'r cwpwrdd lle mae'r gist," meddwn i'n dawel ar ôl i ni glywed y Swyddog Diogelwch yn fflyshio'r toiled a mynd yn ôl i'w swyddfa a chau'r drws.

"A 'nôl y ffordd ddaethon ni?" holodd Steffan.

Nodiais gan obeithio na fyddai Mr *Frozen* heb sylwi ar ddim.

Yn sydyn, daeth sŵn suo rhyfedd o rywle.

"Beth yn y byd yw hwnna?" meddai Gwlithyn.

"O na, y robot bach 'na! 'Nes i anghofio am hwnnw."

"Be sy'n bod ar gadw ci i gyfarth pan mae dieithriaid o gwmpas?" meddai Steffan.

Roedd y pedwar ohonon ni'n syllu i bob cyfeiriad. O ble roedd y robot bach yma'n mynd i ddod? Ymddangosodd ei olau coch, ac roedd yn rholio ar gyflymder tuag at Rwa. Roedd gwres ei chorff hi'n uwch na ni ar ôl iddi fod yn dringo. Fel broga, neidiodd Rwa ar ffrâm y grisiau ac yna chwifio arnon ni i ddianc trwy'r drws am yr ystafell fwyta. Roedd hi am gadw'r robot yn brysur.

Cyrhaeddodd y tri ohonon ni'r ystafell fwyta. Roedd y drws i'r coridor ben arall i'r ystafell.

"Dim problem," meddai Gwlithyn. "Gallwn ni neidio ar y bwrdd a neidio trwy'r drws. Fydd dim angen diffodd y synwyryddion."

"Fedra i ddim neidio'n dda iawn… a sut wyt ti am agor y drws? Na, mae'n rhaid i ni eu diffodd nhw…"

Roedd Steffan yn poeni. Roedd o'n iawn, doedd o ddim yn un da am neidio ac roedd hi bron yn amhosib agor y drws yr ochr arall heb gyffwrdd y llawr.

"Ond mae'r blwch i roi rhif y cod i mewn yr holl ffordd draw fan 'na," meddai Gwilthyn wedyn. "Falle y galli di ei gyrraedd oddi ar y bwrdd, Alys."

Ro'n i'n falch fod Gwlithyn yn dechrau swnio fel aelod i'r tîm bellach.

Roedd y bwrdd yn un o'r byrddau mawr hirgrwn yna gydag un goes nobl yn y canol. Roedd y bwrdd yn siŵr o wegian rhywfaint a gwneud sŵn. Neidiais a glanio ar y bwrdd yn ddiogel, a gollyngodd pawb eu gwynt mewn rhyddhad. Ond yn araf, dechreuodd y bwrdd sigo am i lawr.

"Cer i'r canol, hasta!" bloedd-sibrydodd Gwlithyn arna i wrth i mi sgrialu i gydbwyso'r bwrdd ac eistedd yn y canol.

O na, roedd y bwrdd fel si-so! Edrychais tuag at

y blwch codau. Byddai'n rhaid i mi hongian oddi ar ochr y bwrdd er mwyn rhoi'r cod i mewn, heb sôn am allu gweld beth oedd y cliw.

"Gwlithyn," meddwn i, "mae'n rhaid i ti neidio ar ochr yna'r bwrdd tra dwi'n symud yn nes i weld y cliw."

"Beth os 'neith e dorri?!"

"Wel, mae'n rhaid i ti gael ffydd!" Doedd dim amser i ddweud dim arall i'w berswadio.

Roedd Gwlithyn yn barod i neidio a finnau'n llithro'n araf tuag at yr ochr arall. Unwaith yr oedd y bwrdd yn dechrau siglo neidiodd Gwlithyn a'i gydbwyso.

Clep!

Gwnaeth y bwrdd sŵn wrth daro'r llawr. Llyncodd pawb eu gwynt. Lwcus, doedd dim synwyryddion o dan y bwrdd. Ro'n i'n gobeithio nad oedd neb na dim wedi clywed y glep. Roedd yn rhaid i ni frysio a bod yn dawel!

Wrth i Gwlithyn a fi gydbwyso, gwyrais i ddarllen y cliw ond doedd dim byd wedi'i sgwennu, dim ond llun ciwb. Ro'n i'n amau fod hwn yn gliw mathemategol eto.

"Gwlithyn," sibrydais, "dwed wrth Steffan... Ciwb!"

Edrychodd Gwlithyn yn hurt arna i. "Ciwb?" Trodd ei ben a dweud wrth Steffan.

Daeth yr ateb 'nôl yn chwim. Roedd Steffan wedi ciwbio 1, 2, 3 a 4, a chael y rhifau 1, 8, 27 a 64. Felly'r cod oedd 182764. Ceisiais ymestyn fy mraich i roi'r rhifau i mewn.

"Gafael yn fy nghoesau," meddwn yn dawel wrth Gwlithyn. Cydiodd yntau yn fy nhraed a gorwedd ar ei fol cyn troi ei ben a dweud wrth Steffan am wneud yr un peth iddo yntau.

Roedden ni'n un gadwyn hir ar draws yr ystafell ac roedd blaen fy mys yn cyrraedd y rhifau.

"Mae dy sgidia di'n llithro, Gwlithyn!!" Roedd braw yn llais Steffan.

Llithrodd Gwlithyn o'i afael a dechreuodd y bwrdd ddisgyn yn araf gyda fy mhwysau i. Gwthiais y rhif olaf i mewn ac aethom bendramwnagl i'r llawr. Diolch byth ro'n i wedi llwyddo i ddiffodd y synwyryddion mewn pryd, ond roedden ni wedi creu tipyn o sŵn.

"Dewch, dewch, brysiwch!"

Sgrialodd y tri ohonon ni allan i'r coridor gwag.

Roedd Mr *Frozen* wedi'n clywed ac roedd Rwa wedi'n clywed hefyd. Diolch byth ei bod hi'n hogan glyfar. Wrth glywed y swyddog yn dod o'i ystafell ac yn diffodd synwyryddion y gegin er mwyn dod i ymchwilio beth oedd y sŵn, tarodd hi blanhigyn nes i hwnnw syrthio ar y llawr o flaen y robot bach oedd yn ei herlid. Dringodd a gosod ei hun uwchben y robot a'r swyddog yng nghornel y nenfwd. Roedd y robot yn hofran yn ôl ac ymlaen yn yr unfan wrth synhwyro Rwa uwch ei ben ond roedd yn edrych yn union fel petai o wedi taro'r planhigyn a gwneud llanast… a sŵn!

"O'r robot stiwpid! Ti'n sy'n gwneud *mess* fan 'yn!"

Cydiodd y swyddog yn y robot a'i gario'n ôl i'w swyddfa. Roedd Rwa yn rhydd i ddod ar ein holau ni.

"Dwi'n falch ein bod ni'n pedwar efo'n gilydd," meddai Steffan wrth i ni sefyll y tu allan i ddrws y swyddfa lle roedd y cwpwrdd a'r gist.

"'Dan ni bron iawn yna," meddwn i. Ond roedd gan Rwa rywbeth arall i'w ddweud.

"Welais i rywbeth. Dwi'n credu mai Elen a'r Llwynogod o'n nhw. 'Nes i weld nhw drwy'r ffenest yn dod tuag at y tŷ."

Edrychais yn syn arni.

"Be? Be sy?" holodd Gwlithyn yn eiddgar. "Pam? Be maen nhw'n neud? Be sy'n digwydd?"

Do'n i ddim yn gallu ateb oherwydd do'n i ddim yn gallu gwneud synnwyr o'r sefyllfa chwaith. Edrychais o fy nghwmpas… roedden ni'n dwyn yr arian iddyn nhw, ac yn llwyddo'n weddol hawdd hyd yma. Wedi diffodd y systemau, rhewi'r sgriniau, cael gwared o'r robot, roedd y llwybr yn glir iddyn nhw ddod i mewn. Ond pam? Oedd rhywbeth mwy gwerthfawr yn y tŷ?

Yna, fe welais lun ar y wal a wnaeth egluro'r cyfan. Llun teulu hapus – mam, tad a bachgen tua deg mlwydd oed.

"Sbïwch," nodiais tuag at y llun. "Ydach chi'n gwybod pwy ydi'r rheina?"

"Nhw wnaeth ennill y loteri, ife?" atebodd Gwlithyn.

"Yn union, ond mi fetia i y basa'r rhieni'n rhoi pob dima goch yn ôl i gadw'r mab yn ddiogel."

"Be ti'n feddwl?" holodd Steffan.

"Maen nhw am ddwyn y mab! Does 'na ddim byd yn fwy gwerthfawr na phlentyn."

Roedd yn rhaid i mi fynd i achub y bachgen cyn gynted â phosib.

"Ewch chi ymlaen, rydan ni bron iawn yna. Dim ond synwyryddion y swyddfa – dim problem. A Gwlithyn, os wyt ti cystal am agor cloeon â rwyt ti'n honni, fedri di agor y gist heb broblem. Ewch â'r arian a mynd yn syth at yr heddlu. Mae cyfeiriad pencadlys Her Ll gynnoch chi, yn tydi?"

Gadewais y lleill a mynd mor gyflym ac mor dawel ag y gallwn i yn ôl i'r cyntedd ac i fyny'r grisiau. Dim ond llawr gwaelod y tŷ roedden ni wedi'i astudio, a do'n i ddim yn gwybod beth oedd yn fy nisgwyl i fyny'r grisiau nac ym mhle'n union roedd ystafell y mab. Yn sydyn, clywais sŵn bychan o'r cyntedd. Roedd Elen a'i chriw yn yr adeilad. Agorais y drws agosaf ata i'n dawel, dawel a sleifio i mewn. Wrth i mi edrych o fy nghwmpas a sylweddoli 'mod i mewn ystafell molchi bu bron i mi roi sgrech. Yn y ffenest yn edrych arna i roedd wyneb.

"Mam!" ochneidiais mewn rhyddhad.

Astudiais y ffenest fach. Agorais hi a helpu Mam i ddringo i mewn. Gafaelodd yn dynn amdana i nes ro'n i bron â chrio.

"Gwranda," meddai, "mae pawb yn ddiogel. Erbyn i mi gyrraedd pencadlys Her Ll roedd y lladron wedi mynd, a Lleucu wedi llwyddo i gael y teuluoedd i gyd yn rhydd."

"Maen nhw yma. Dwi'n meddwl eu bod nhw am ddwyn y mab. Brysia."

"Dwi'n gwybod, ond gwranda arna i am eiliad. Mae Mrs Pi wedi diflannu. Dwi ddim yn siŵr be sy'n mynd ymlaen ond tydi petha ddim yn dda. Mae Lleucu a Wil wedi mynd i'r gorllewin, mae gan Wil dŷ diogel yno – mae Lleucu am drio cysylltu â'i brawd. Ond rŵan mae'r Elen 'ma wedi rhyddhau fideo ar y we ohonoch chi'ch pedwar yn torri i mewn i'r tŷ yma. Mae'r heddlu ar y ffordd ac mae'r fideo'n cael ei weld gan fwy a mwy o bobol sy'n meddwl dy fod ti a'r tri arall yn lladron go iawn. Ac os ydyn nhw'n llwyddo i ddwyn y mab, bydd pobol yn meddwl mai chi fydd wedi ei herwgipio."

"BE?" Ro'n i mewn sioc, a fy meddwl yn rasio.

"Mae'n rhaid i ti fynd i nôl y gweddill a dianc o'r tŷ 'ma. Ond mae'n rhaid i ti ddianc go iawn." Do'n i ddim yn gallu canolbwyntio ar ei geiriau hi'n iawn. "Cwstard," meddai hi'n sydyn.

Syllais i'w llygaid duon. 'Cwstard' oedd ein gair ni. Gair cyfrinachol rhyngddon ni'n dwy oedd yn golygu 'mae'n bryd i ti ffoi'. Cusanodd fi ar fy nhalcen a rhoi bag bychan i mi gau am fy nghanol. Ro'n i'n gwybod beth oedd ynddo – arian, pasbort ac allwedd i ystafell mewn gwesty yn rhywle pell o fan hyn.

"Ond beth am y mab?"

"Tydyn nhw ddim wedi cyrraedd ei ystafell o eto. Bydd yn rhaid i mi wneud ychydig o sŵn a llanast i ddeffro pawb yn y tŷ, gan gynnwys y Swyddog Diogelwch diog 'na! Mae 'na risiau troell i'r swyddfa yn stafell wely'r rhieni... aros nes y byddan nhw wedi gadael y stafell cyn sleifio. Caru chdi," meddai'n frysiog cyn diflannu o'r stafell molchi yn bloeddio a gweiddi.

Roedd yr eiliadau nesaf yn wyllt. Dechreuodd pob

math o larymau ganu, ac roedd gweiddi, rhedeg gwyllt, a sŵn seirenau'r heddlu yn y pellter. Tynnais anadl ddofn – roedd rhaid bod yn ddewr a phroffesiynol. Gwelais y tad a'r fam yn rhedeg heibio i ddrws yr ystafell molchi tuag at stafell eu mab. Llithrais innau i'w stafell wely a chodi drws llawr bychan cyn sleifio i lawr y grisiau. Agorais ddrws y cwpwrdd lle ro'n i'n gwybod roedd y gist.

Neidiodd Rwa ata i a rhoi ei breichiau amdana i.

"'Dan ni'n falch iawn o dy weld di," meddai Steffan. "Gredi di ddim be mae Gwlithyn wedi ei ddarganfod."

"Be?" meddwn i'n frysiog, gan ysu i feddwl am ffordd o ddianc heb ddod ar draws y lladron na'r heddlu.

"Wel," gwenodd Gwlithyn led y pen, "doedd dim byd yn y gist 'ma achos nid cist gyffredin ydi hi. Cist wedi ei chreu gan Anton Swift – Consuriwr a Gwneuthurwr offer Hud a Lledrith byd-enwog!!"

Syllais arno heb syniad beth oedd ystyr hyn i gyd.

"Cist ddianc ydi hi! Ddylan ni allu agor y cefn 'ma. Dwi'n meddwl… os dwi'n taro fan hyn a fan hyn, yna troi'r glicied fach yma, aaaaa…"

Disgynnodd cefn y gist yn fflat ar y llawr a dadorchuddio twnnel. O mam bach!! Roedd fel agor drws i'r nefoedd. Ffordd berffaith i ddianc! Roedd swn y rhialtwch, y seirenau, y rhedeg a'r gweiddi yn uwch ac yn waeth erbyn hyn, ac felly i mewn â ni'n pedwar i'r twnnel tywyll.

11
DAL I DDIANC

Daethom allan i olau'r lleuad led cae o'r tŷ ar ôl rhedeg am rai munudau trwy'r tywyllwch. Ges i gyfle i egluro pob dim roedd Mam wedi'i ddweud wrtha i ac er ein bod ni i gyd yn falch o weld golau'r lleuad ar ben arall y twnnel roedd pawb yn teimlo rhyw dywyllwch mawr o ofn y tu mewn.

"Beth yffach ni'n mynd i neud nawr 'te? Ni yw'r lladron proffesiynol y bydd pawb moyn eu dala! Os wyt ti'n Asiant Cudd go iawn, ti'n galle sorto pethe mas?"

Ro'n i'n dechrau amau fy hun o'n i'n Asiant erbyn hyn. Beth oedd wedi digwydd i Mrs Pi? Roedd Mam wedi egluro unwaith y byddai'r gair 'cwstard' yn cael ei ddweud rhyngddon ni roedd hynny'n golygu nad oedd pethau'n ddiogel i ni mwyach.

"Ylwch, dwi ddim yn gwybod beth i feddwl ar hyn o bryd."

Yn sydyn, ges i signal ar fy oriawr a phingiodd neges gan fy mam.

"Elen a dau arall wedi dianc. Bydd yn wyliadwrus. Byddaf mewn cysylltiad."

Doedd hynny ddim yn newyddion da. Roedd yn *rhaid* i mi fynd.

"Dwi'n mynd. Ewch yn syth at yr heddlu a dweud y cyfan. Mae 'na ddigon o dystion a thystiolaeth."

"Diolch, Alys," sibrydodd Steffan a'i lygaid yn goch.

Gafaelodd Rwa yn fy llaw a'i gwasgu.

Wrth i mi droi a dechrau rhedeg, rhedodd Gwlithyn ar fy ôl.

"Be ti'n neud?"

"Dwi'n dod 'da ti. Dim fy wncwl iawn i o'dd e'n ôl fan'na, jyst boi fi 'di cwrdd ag e yn y llyfrgell sy'n joio hud a lledrith fel fi. Dwi'n byw mewn *youth hostel*, a sneb yn mynd i weld isie fi."

Er i mi ddweud wrtho am beidio â bod yn wirion, mynnodd ddod efo fi, a phan ddywedais i wrtho fod Elen a dau arall wedi dianc roedd o'n fwy penderfynol byth.

★ ★ ★ ★ ★

A dyna be dwi'n neud ar y trên yma. Dwi'n ffoi. Ffoi rhag beth? Dwi ddim yn siŵr iawn. Mae Gwlithyn ar y trên hefyd, ond mae o yn un o'r cerbydau eraill, er mwyn diogelwch y ddau ohonon ni. Mae o am ddod efo fi am antur, medda fo. Dwi ddim yn meddwl bod dianc yn fawr o antur, ond o leiaf bydd 'na ychydig o hud a lledrith pan fydd Gwlithyn o gwmpas y lle.

Y cyntaf yn y gyfres:

£3.95

Hefyd yn y gyfres:

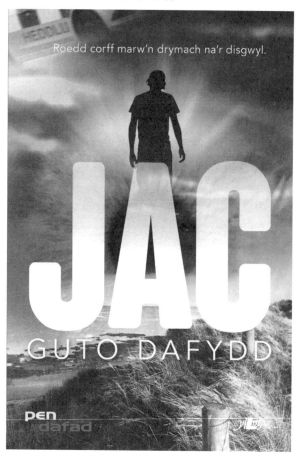

£3.95

pen dafad

Strach a helynt a PHOB DIM
yn mynd o chwith!

Mared
Lewis

£3.95

Am restr gyflawn o lyfrau'r Lolfa, mynnwch
gopi am ddim o'n catalog
neu hwyliwch i mewn i'n gwefan

www.ylolfa.com

lle gallwch archebu llyfrau ar-lein.

TALYBONT CEREDIGION CYMRU SY24 5HE
ebost ylolfa@ylolfa.com
gwefan www.ylolfa.com
ffôn 01970 832 304
ffacs 832 782

Holwch am bris argraffu!
01970 832 304